Josef Kraus

Schwammerlmord

Kommissar Breslmaiers 5. Fall

Josef Kraus

Schwammerlmord

Ein regionaler Kriminalfall in und um Deggendorf

Bibliografische Information der Deutschen Nationalbibliothek:
Die Deutsche Nationalbibliothek verzeichnet diese Publikation in der Deutschen Nationalbibliografie; detaillierte bibliografische Daten sind im Internet über http://dnb.dnb.de abrufbar.

Die automatisierte Analyse des Werkes, um daraus Informationen insbesondere über Muster, Trends und Korrelationen gemäß §44b UrhG („Text und Data Mining") zu gewinnen, ist untersagt.

© 2025 Josef Kraus

Lektorat: Hans Direske, Manfred Lantermann

Verlag: BoD · Books on Demand GmbH, Überseering 33, 22297 Hamburg, bod@bod.de
Druck: Libri Plureos GmbH, Friedensallee 273, 22763 Hamburg

ISBN: 978-3-8192-6559-4

Inhaltsverzeichnis

SCHWAMMERLMORD

Sämtliche Handlungen und Personen sind fiktiv und frei erfunden.

1 – DAS FÄNGT JA SCHON WIEDER GUT AN

*„Es ist besser, Pantoffeln zu tragen, als die
Welt mit Teppichen zu belegen"*
(Buddha)

Was für ein Tag. Es ist noch früh am Morgen, die Sonne kommt allmählich durch die dichten Blätter und wärmt mich ein bisschen. Aber der frühe Vogel fängt den Wurm. Der Bayerische Wald ist schon ein Paradies für uns: Wandern, Mountainbiken, Skifahren und und und …. und natürlich ab Ende Juli Schwammerlsuchen. Dafür muss man allerdings wissen, was und wo. Und ich kenne einige Plätze, wo ich sicher sein kann, dass sie dort auf mich warten, und zwar die Richtigen. In meinem Korb sind schon ein Paar Steinpilze, ganz gesund und frisch. Was ist das? ….. Ich sehe deutliche Fußspuren. Das macht mich neugierig. Ein Schwammerl-Wilderer in meinem Revier? Ich muss den Spuren folgen, sie führen mich ein bisschen weg von meinem geplanten, üblichen Pfad.

Der Wald wird dichter. Plötzlich sehe ich jemanden liegen. Ich nähere mich, um sicherzustellen, dass alles in Ordnung ist. Es ist ein unbekannter Mann, etwa vierzig Jahre alt, mit braunem Haar und Vollbart, gekleidet in Jeans und Pullover. Er liegt auf dem Rücken, seine Arme leicht ausgebreitet, mit einer blutenden Wunde an der linken Schläfe. Seine offenen Augen starren mich an. Ich taste seinen Puls – nichts, kein Lebenszeichen. Der Mann ist tot. Mir wird ganz anders. Ich habe noch nie einen Toten in Natura gesehen. Mir wird schlecht …… eines fällt mir noch auf: sonderbar, um ihn herum sind lauter Schwammerl angeordnet. Ganz eigenartig. Um den ganzen Oberkörper und an den Armen entlang, an der Außenseite, hat jemand sich die Mühe gemacht und Schwammerl aufgereiht. Helle und dunkle Farben. Alle noch relativ frisch. Verschiedenste Sorten. Sehr komisch. Irgendwie ein sonderbares Muster. Wer macht denn so was und warum? …. Ein Toter hier mitten im Wald und **ich** muss ihn finden!

Ich sollte sofort die Polizei informieren. Aber hier tief im Wald gibt es natürlich kein Netz! Armes Deutschland.

Ich schnaufe noch ein paar Mal tief durch. Jetzt geht es besser. Nur noch ein paar Fotos mit meinem I-Phone und dann gehe ich genau den Weg zurück, den ich gekommen bin. Na, hoffentlich finde ich ihn später wieder …..

Immer wieder schaue ich auf mein Handy, um zu sehen, ob schon Empfang ist. Na endlich: jetzt habe ich ein Netz und kann die Polizei informieren. Zwar nur ein bis zwei Striche, das sollte reichen.

Ich kann ihnen nicht sagen, wo der Tote liegt. Sie müssen mich finden, damit ich ihnen den Weg zeigen kann.

Büroarbeit kann so öde sein. Frau Stöcklgruber und ich sind in unsere Arbeit vertieft, als das Telefon klingelt.

„Breslmaier", melde ich mich gelangweilt, ich kann die Nummer von Frau Unholzer erkennen, „hallo Frau Unholzer, was gibt's?"

„Herr Breslmaier, ich habe jemand am Telefon, der anscheinend irgendwo auf der Rusel im Wald einen Toten gefunden hat. Soll ich ihn durchstellen? Also nicht den Toten, sondern den Anrufer?"

„Ja bitte", meinte ich inzwischen interessiert und belustigt, ich setzte mich gerade auf, „stellen sie durch. Da bin ich wirklich gespannt, was der mir zu berichten hat."

Frau Unholzer stellte den Anrufer durch: „Hauptkommissar Breslmaier, Mordkommission Deggendorf, wie kann ich ihnen helfen?"

„Ja endlich", meldete sich eine nervöse und ängstliche männliche Stimme „im Wald hier auf der Rusel liegt ein Toter. Bitte kommen sie schnell."

„Ganz ruhig. Zunächst einmal: wie heißen Sie und wo sind sie genau? Wie kann ich sie finden?"

„Mein Name ist Kurt Reinheimer. Leider habe ich keine Ahnung, wo ich hier genau bin. Ich steh hier mitten im Wald auf der Rusel. Ich bin froh, dass ich überhaupt ein Netz habe."

„Was für ein Handy benutzen sie gerade?"

„Ein I-Phone."

„Ah, das ist gut. Ich gebe ihnen jetzt meine Handynummer und dann rufen sie folgende App auf, die heißt: Karten. Die sollte normalerweise auf der Startseite auf ihrem I-Phone zu finden sein. Dort können sie mir ihren Standort mitteilen."

Ich gab ihm meine Handynummer und er gab sie in sein Handy ein.

„Und jetzt?" wollte er von mir wissen.

„Jetzt legen sie auf und rufen mich unter der neuen Handynummer zurück. Sie speichern sie dann ab unter ihren Kontakten. Wissen sie, wie das geht?"

„Ja, klar, habe ich schon öfters gemacht."

Er beendete das Gespräch und auch ich drückte ihn weg. Kurz darauf läutete mein Handy und Herr Reinheimer war dran.

„Na, das hat ja bisher alles gut funktioniert", meinte ich erleichtert. „Und jetzt teilen sie ihren aktuellen Standort. Auf der App ganz nach unten scrollen und dann mit dem Punkt: Standort teilen, schicken sie mir unter WhatsApp ihren aktuellen Standort."

Kurz darauf kam auch die WhatsApp von Herrn Reinheimer auf meinem Handy. Ich konnte nun genau anhand der Koordinaten erkennen, wo er sich befand.

Ich rief ihn umgehend zurück und teilte ihm mit, dass wir schon unterwegs wären und er sich auf keinen Fall wegbewegen sollte. Er versprach, sich ruhig zu verhalten und auf uns zu warten.

Ich informierte noch kurz Frau Stöcklgruber und riet ihr, doch andere Schuhe anzuziehen, denn ein Ausflug in den Wald mit Stöckelschuhen, ist sicher nicht unbedingt zu empfehlen. Zum Glück hatte sie immer feste Schuhe in Reserve und so konnten wir in Richtung Rusel starten.

Es war wenig Verkehr und wir kamen gut voran.

„Mina, es ist schon komisch, dass wir immer wieder die Rusel als Tatort haben", wandte ich mich, während ich zügig weiterfuhr, an meine Kollegin. „Ich frage mich wirklich ernsthaft, ob wir beide das irgendwie beeinflussen. War doch früher nicht. Was meinst du?"

„Ja Franz, ich habe mich das auch schon gefragt. Aber ich habe keine schlüssige Antwort darauf, warum das so ist. Nehmen wir es wie es ist. Ändern können wir das sowieso nicht. Komm, lass uns das Beste daraus machen."

Ich konzentrierte mich wieder aufs Fahren und hing den Worten von Frau Stöcklgruber nach. Sie hatte natürlich, wie immer, Recht. Schließlich waren wir keine Ursachenforscher, sondern Polizeibeamte bei der Deggendorfer Mordkommission.

Wir fuhren über den Ruselabsatz bergab in Richtung Golfclub. Da tauchte rechter Hand ein großes, neu erbautes Gebäude auf.

„Oh, schau mal, das gibt's doch nicht", entfuhr es mir überrascht. „Das ging schnell. Das neue Ruselhotel! Schau mal, wie großartig das geworden ist! Das müssen wir uns unbedingt noch anschauen, wenn wir danach noch Zeit haben, oder?"

„Ja, auf jeden Fall. Ich bin sehr gespannt, wie das geworden ist. Also von außen sieht es schon mal super aus. Und Gäste sind anscheinend auch schon da. Ich habe gar nicht mitbekommen, dass es schon eröffnet ist. Hast du etwas davon gelesen?"

„Nein, keine Zeile. Wenn man den alten Kasten noch in Erinnerung hat, ist das schon ein großer Meilenstein. Ich bin gespannt, wie es innen aussieht. Aber zuerst die Arbeit und dann das Vergnügen."

Damit beendete ich unser Gespräch und bog links ab in Richtung Deggendorfer Golfclub. Auch hier waren mehrere Baumaschinen zu erkennen. Ich erinnerte mich an die Vorgabe des Investors, dass der Bau des neuen Ruselhotels nur dadurch möglich wird, wenn der Golfclub den Platz von 18 auf 27 Loch erweitert, und anscheinend sind sie gerade dabei, dies umzusetzen.

Ich parkte unser Auto und wir stiegen aus.

„Ahh, diese Luft, " bemerkte ich in Richtung Frau Stöcklgruber. „Ist halt doch schon Bayerischer Wald." Ich atmete tief ein und aus und fuhr fort: „Ich versuche nun den Greenkeeper, Herrn Kreutl, zu erreichen. Der kennt sich doch am besten hier heroben aus und kann uns sicher den kürzesten Weg zum Herrn Reinheimer zeigen."

„Reinheimer?"

„Ja, der Mann, der die Leiche entdeckt hat, nennt sich Reinheimer."

„Ach so, alles klar."

Ich zückte mein Handy und scrollte meine Kontakte, bis ich Herrn Kreutl gefunden hatte. Ich wählte die Nummer und er war sofort am Telefon.

„Hallo Herr Kreutl, Kommissar Breslmaier von der Deggendorfer Mordkommission. Wir kennen uns vom Mordfall Brunner, wenn sie sich erinnern."

„Ja, ja, natürlich. War schon sehr dubios damals. Hut ab, haben sie schnell gelöst. Wie kann ich ihnen helfen? Was gibt es Neues, Herr Kommissar?"

„Herr Kreutl, können wir uns irgendwo treffen? Ich müsste ihnen etwas zeigen. Wenn es geht, so schnell wie möglich. Wir haben nämlich schon wieder eine Leiche hier auf der Rusel."

„Das gibt es doch nicht", gab er überrascht von sich. „Scho wieda a Leich. Ich bin gleich bei ihnen. Wo sind sie gerade?"

„Wir stehen am Parkplatz vor dem Clubhaus. Sie können uns nicht verfehlen."

„Ich komme sofort."

Und wirklich. Nur Augenblicke später kam er mit seinem Golfcart angerast. Er begrüßte uns, ohne auszusteigen.

„Hallo Herr Kreutl", begrüßte ich ihn mit Handschlag. „Danke, dass sie für uns Zeit haben."

„Grüß Gott Frau Stöcklgruber und Herr Breslmaier. Wie kann ich ihnen helfen? Ich bin nur momentan etwas im Stress. Sie wissen ja, wir erweitern auf 27 Löcher und natürlich gibt es da viel zu tun. Aber es wird und wir freuen uns alle auf die Eröffnung."

„Wann ist es denn soweit?", wollte ich von ihm wissen.

„In vier Wochen sind wir fertig, wenn hoffentlich das Wetter mitspielt und nichts dazwischenkommt. Es wird ein absoluter Traum. Wir alle können es kaum erwarten, wenn die ersten Bälle fliegen. Und jetzt zu ihnen. Wie kann ich helfen?“

„Also“, sagte ich „wir haben eine Leiche und ich kann ihnen den Standort von Herrn Reinheimer, das ist der Herr, der die Leiche gefunden hat, anhand einer APP zeigen, die er uns geschickt hat. Und niemand anders als sie können uns den kürzesten Weg zu ihm zeigen. Hier schaun sie mal.“

Ich holte mein Handy aus dem Jackett und zeigte ihm den von Herrn Reinheimer zugeschickten Standort.

Er schaute sich das Display an, zoomte es und meinte: „Ja, das ist in der Nähe vom Abschlag der Bahn 18. Kommen sie, ich fahre sie dort hin. Herr Kommissar, sie müssten sich allerdings hinten auf das Cart stellen. Vorne können leider nur zwei Personen sitzen, bitte gut festhalten, dann geht das schon. Ist zwar nicht erlaubt, doch das ist ja ein Ausnahmefall.“

Ich stellte mich hinten auf das Cart, wo normalerweise, wie ich von früher wusste, die Golftaschen, oder wie die heißen, festgemacht werden und hielt mich links und rechts an der Dachkonstruktion fest. Frau Stöcklgruber nahm vorne Platz und schon ging es los. Herr Kreutl gab Gas und wir fuhren am Clubhaus vorbei, leicht bergauf auf dem Fairway der Bahn 16, was ich von früher noch wusste.

Es ruckelte und schaukelte ganz ordentlich und ich hielt mich tapfer fest. Herr Kreutl schaute auch ab und zu mir nach hinten, ob auch alles in Ordnung wäre. Doch es passte und so kamen wir, vorbei am Grün der Bahn 16, zum Abschlag der Bahn 18.

„So Herr Kommissar, wir haben es geschafft. Von hier aus müssen sie leider zu Fuß weitergehen. Die neuen Bahnen gehen leider nicht in ihre Richtung, sondern bergab in Richtung Bahn 15. Das alles kann ich ihnen, wenn sie wollen, gerne auch später erklären und zeigen. Es hat sich durch die Erweiterung einiges verändert. Vor allem der Verlauf der Bahnen ist komplett neu. Wie sie jetzt schon erkennen können, sind wir schon sehr sehr weit, “ gab er sichtlich stolz von sich.

Er deutete nach rechts zu der anscheinend neu verlaufenden Bahn und wirklich, es war schon alles satt grün und wirkte bereits sehr gepflegt.

„Ja Herr Kreutl, da möchte man am liebsten mit dem Golfspielen beginnen, so schön wie es hier aussieht. Und dazu die großartige Aussicht in den Bayrischen Wald und die gute Luft. Vielleicht überlege ich es mir doch noch.“

„Das kann ich ihnen nur empfehlen. Und sie, Frau Stöcklgruber? Kein Interesse?“

„Interesse schon, aber ich denke, da bin ich noch zu jung dafür. Wenn ich mal in Rente bin, dann könnte ich mir das schon vorstellen.“

„Den Spruch kenne ich", gab Herr Kreutl entrüstet von sich. „Sie werden sich wundern, wie schnell man den Golfvirus eingefangen hat. Man kann nie früh genug mit dem Golfsport beginnen. Später werden sie es bereuen. Denken sie an meine Worte."

Damit verabschiedete er sich, wendete das Cart, hob noch grüßend den Arm und brauste davon.

„Mina, ich muss mich jetzt erst mal orientieren, wo wir hier sind." Ich fischte mein Handy aus meinem Jackett und tippte auf die App, in der der Standort von Herrn Reinheimer gespeichert war.

Wir waren, so sah es zumindest aus, nicht weit von ihm entfernt. Sollte also kein Problem sein, ihn zu finden. Wir machten uns auch umgehend in die vermutete Richtung auf. Es war nicht so einfach, da der Wald doch stellenweise sehr dicht und der Untergrund zum Teil morastig und sumpfig war. Nach etwa 15 Minuten sahen wir unseren gesuchten Mann, Herrn Reinheimer, ein etwa 60-jähriger, drahtiger Mann, mit einem 3-Tagesbart und einem auffälligen, schwarzen Cap mit einem Emblem der Band Greenfeets. Dazu musste ich ihn unbedingt später noch fragen. Er hatte blaue Jeans, einen Trachtenjanker und derbe Schuhe an, was zum Schwammerlsuchen sicher das richtige Gewand war. Er empfing uns erfreut und irgendwie erleichtert und wir stellten uns ihm vor. Anschließend gingen wir hinter ihm im Gänsemarsch zum Fundort. Es ging langsam voran, da Herr Reinheimer sich immer wieder vergewissern musste, ob die Richtung, die er eingeschlagen hatte, auch stimmte. Nach etwa 15 Minuten erreichten wir endlich unseren Zielort.

Es sah schon komisch aus, wie der Mann dort lag, wie aufgebahrt. Seine Hände auf der Brust verschränkt, um ihn herum bunte Schwammerl aufgereiht und seine Augen weit geöffnet, als ob er uns anschauen würde. An seiner linken Schläfe konnte man eine große Wunde erkennen, wahrscheinlich die Stelle, die für seinen Tod verantwortlich war. Das alles waren nur Spekulationen. Das sollte Frau Doktor Krankl genauer feststellen. Irgendwie kam er mir bekannt vor, aber ich konnte ihn noch nicht zuordnen. In meinem Kopf war ein Zahnrad noch nicht eingerastet und das konnte dauern.

Ich fragte Frau Stöcklgruber, ob ihr das Opfer nicht bekannt vorkam, doch sie verneinte nur. „Nein, keine Ahnung. Komisch schaut das alles hier schon aus. Wie ein Altar auf dem ein Toter aufgebahrt ist. Und dann diese Umrandung mit den Pilzen …..“

„Schwammerl“, unterbrach ich sie besserwisserisch, „sagt man bei uns, nicht Pilze. … Ähhhh“, ich kratzte mich an der Nase, was ich immer tat, wenn ich überlegen oder nachdenken musste. „Ich würde zu dem Fall gerne einen Schwammerlexperten mit dazu ziehen. Vielleicht kann uns der weiterhelfen. Denn irgendwie muss dieser ganze Auftritt doch eine Bedeutung haben. Oder was meinst du?“

„Ja, wenn du einen kennst, dann wäre es sicher nicht verkehrt. Vielleicht kann uns der weiterhelfen. Wer weiß. Kennst du denn einen Experten?"

„Ja, den kenne ich: den Karl Ziegenheimer. Ein guter Freund oder auch Bekannter von mir. Wir treffen uns im Jahr so zwei- bis dreimal zum Wandern oder zum Ratschen. Meine Frau Claudia geht mit seiner Frau in dieselbe Turngruppe und du weißt ja, Frauen haben sich immer etwas zu erzählen, oder?"

Anscheinend hatte ich da einen wunden Punkt bei ihr getroffen, denn sie antwortete vehement: „Also Franz, als wenn sich Männer nichts zu erzählen hätten: Fußball, Fußball und nochmal Fußball, na ja, vielleicht auch mal Eishockey oder Handball. Aber wann reden sie schon mal über Kinder oder Urlaub oder, oder? Als wenn sie das den Damen überlassen würden. Es ist halt so. Und unsere Frauenthemen sind eben unerschöpflich. Und wenn die einen Themen erledigt sind, dann haben wir immer noch neue Kochrezepte oder Kindererziehung oder die Männer. Eben alles sehr wichtige Anliegen, die auch oft euch Männer betreffen. Verstehst du?"

Ich verstand und wollte das Gespräch nicht weiter vertiefen, denn im Grunde hatte sie ja recht, wie immer.

„Wie gehen wir jetzt weiter vor? Hast du eine Idee?" wollte ich von ihr wissen.

„Also zunächst brauchen wir Frau Doktor Krankl von der KTU und dann sollten wir auch die gesamte Mannschaft der Spurensicherung organisieren, denn ich glaube, dass hier in der Umgebung noch einiges an Spuren vorhanden ist, das uns weiterbringt. Das Problem ist nur, wie bekommen wir die Leute hier her. Kein Netz, mitten im Wald und auch kein Weg."

„Genau! Wir, oder einer von uns beiden, muss zurück an den Punkt, wo uns Herr Reinheimer getroffen hat. Von dort telefoniere ich, also ich übernehme gerne den Job, mit Frau Doktor Krankl und Frau Unholzer. Sie muss den Rest organisieren. Dann ruf ich noch den Herrn Ziegenheimer an, dass er, sofern er Zeit hat, zu uns stößt. Das Problem ist nur, wie gabeln wir die Leute auf? Bis zum Golfclub ist es sicher kein Problem. Und dann?"

„Also ich schlage vor, dass Herr Reinheimer zu dem Punkt im Wald geht, wo wir uns mit ihm getroffen haben. Du, Franz, gehst zur Bahn 18 und wartest auf die Ankömmlinge und bringst sie zu Herrn Reinheimer. Gib bitte auch Herrn Kreutl vom Golfclub Bescheid, dass er die Personen zu dir hochfährt. Das wird er schon machen, wenn du ihn freundlich darum bittest. Ist alles etwas kompliziert. Aber was solls. Also treffen sich unsere Leute am Clubhaus vom Golfclub. Ich bleibe hier bei der Leiche und versuche mich still zu halten, damit ich keine Spuren verwische, die uns vielleicht weiterhelfen können. Was hälst du von meinem Vorschlag?"

„Alles klar, machen wir so."

Ich machte mit meinem Handy noch ein paar Fotos von dem Toten. Man konnte nie wissen, wozu man sie brauchen könnte.

Herr Reinheimer und ich machten uns auf den Rückweg und sobald wir Netz hatten, rief ich zuerst Frau Doktor Krankl und anschließend Frau Unholzer an. Herrn Ziegenheimer erwischte ich beim Einkaufen. Ich erklärte ihm kurz mein Anliegen und er war sofort Feuer und Flamme, und er wollte sich so bald als möglich auf den Weg zu uns machen. Letztendlich rief ich noch Herrn Kreutl an, der sich nach einigem Hin und Her, doch dazu bereit erklärte, uns zu helfen. Mehr konnte ich momentan nicht tun. Ich verabschiedete mich von Herrn Reinheimer und machte mich auf den Weg zum Ausgang des Waldes.

Ich folgte den Fußspuren, die Frau Stöcklgruber und ich hinterlassen hatten. Im Groben wusste ich ja, welche Richtung ich einschlagen musste. Es dauerte auch nicht lange, bis ich den Wald hinter mir hatte und den Abschlag der Bahn 18 erreichte. Ich musste unbedingt Herrn Kreutl noch erreichen, um ihm zu sagen, dass er den Spielbetrieb auf den Bahnen 16 bis 18 sperren sollte, da dort jetzt bald mehrere Menschen unterwegs sein würden und es für die sehr gefährlich werden könnte.

Ich erreichte ihn auch umgehend und er hatte schon daran gedacht und entsprechende Schilder aufgestellt. Der Mann ist gut! Ich sollte ihm nur Bescheid geben, wenn die ganze Aktion abgeschlossen sein würde, um die Schilder dann wieder zu entfernen. Ich bat ihn abschließend noch, ob es nicht die Möglichkeit gab, dass er uns einige Golfcarts zur Verfügung stellen könnte, dann könnten wir uns unabhängig von seiner Hilfe, entsprechend bewegen. Er willigte ein und versprach einige Carts am Clubhaus bereit zu stellen. Ich bedankte mich und ich machte mich auf den Weg zum Clubhaus, um die Carts in Empfang zu nehmen.

In Gedanken verloren ging ich den Abhang der Bahn 16 hinunter in Richtung Clubhaus. Ich dachte nochmal an den Toten, doch ich konnte ihn bisher noch zu keiner Person zuordnen. Irgendwann sollte er mir schon einfallen, da war ich mir ganz sicher. Das Zahnrädchen machte noch nicht klick.

Ich betrat das Clubhaus, um mir einen Cappuccino zu gönnen, bis die ersten Personen eintreffen sollten. Die Wirtin, ich kannte sie ja von einem meiner zurückliegenden Fälle, dem Mord an Herrn Brunner. Ich erinnerte mich sogar noch an ihren Namen: Frau Steiner. Mein Gedächtnis ließ mich hier nicht im Stich!

Sie begrüßte mich herzlich mit den Worten: „Hallo Herr Kommissar. Schön sie wieder zu sehen. Hat sie das Golf-Virus jetzt doch angesteckt?"

„Grüße sie, Frau Steiner. Nein, ich bin leider beruflich wieder hier. Doch wer weiß, vielleicht packt es mich doch noch irgendwann."

„Beruflich?" erwiderte sie interessiert. „Ist denn schon wieder etwas passiert, was ich wissen sollte?"

„Ja, leider", bemerkte ich mit trauriger Stimme „an der Rusel muss irgendetwas dran sein, dass sich in letzter Zeit diese Fälle derartig häufen. Schon komisch, oder finden sie nicht?"

„Na ja, komisch ist das schon. Doch wir als Golfclub können da sicher nichts dafür, oder? Hat denn der neue Fall etwas mit uns zu tun?"

„Das wissen wir noch nicht. Auf jeden Fall haben wir wieder einen Toten. Ich würde ihnen gerne ein Bild von ihm zeigen. Vielleicht kennen sie ihn ja. Ich kenne ihn auch irgendwie, aber ich kann ihn noch nicht zuordnen."

Ich holte mein Handy aus der Tasche und öffnete meine gespeicherten Fotos. Ich klickte das entsprechende Bild an und zeigte Frau Steiner das aufgenommene Bild des Mordopfers.

„Oh, " sagte sie überrascht „das ist Herr Thalhofer, den kenne ich. Sein Sohn ist mit meiner Tochter ins Gymnasium gegangen. Er sitzt im Deggendorfer Stadtrat bei den Grünen. Er war auch ab und zu bei uns zum Kaffeetrinken. Und den hat jemand umgebracht? Unglaublich, was für Menschen bei uns herumlaufen."

„Ui, das nenne ich Glück. Jetzt haben sie mir wirklich sehr geholfen! Ein grüner Stadtrat wird Mordopfer! Unglaublich. Haben sie sonst noch Informationen für mich? Hat er ihnen vielleicht erzählt, warum er hier auf der Rusel unterwegs war?"

„Ja natürlich haben wir uns darüber auch unterhalten. Er ist, ach Gott, er war passionierter Schwammerlsucher. Außerdem hat er die Bauarbeiten für die neuen neun Löcher des Golfclubs sehr genau verfolgt. Das hat ihm so gar nicht gepasst. Umweltzerstörung, hat er mir immer wieder vorgehalten. Ich kann doch da am wenigsten dafür. Ich leite das Restaurant für den Golfclub. Was die da bauen und planen, das geht mich auch nichts an. Das ist der Club!"

„Da haben sie recht", bekräftigte ich ihre Aussage. „Ich sage es gerne nochmal: sie haben uns wirklich sehr viel weitergeholfen und wir werden uns sicher noch einmal mit ihnen unterhalten, dann ist auch bestimmt meine Kollegin, die Kommissarin Stöcklgruber mit dabei, die kennen sie ja auch, natürlich bei einem ihrer tollen Cappuccinos. Ach übrigens, könnte ich jetzt gut einen brauchen."

„Sehr gerne Herr Kommissar, kommt sofort." Sie drehte sich um und entschwebte in Richtung der großen, silbernen Kaffeemaschine im Hintergrund. Ich setzte mich an einen freien Tisch und checkte mein Handy. Der Schwammerlpapst, Herr Ziegenheimer, meldete mir, dass er schon unterwegs auf die Rusel ist. Sollte daher bald da sein. Ich schrieb ihm zurück, dass, sobald er da ist, mich anrufen sollte.

Frau Steiner kam mit der Tasse Cappuccino und er roch nicht nur verlockend, sondern sah auch noch verlockend aus: auf dem Milchschaum waren ein Herz und Sterne künstlerisch aufgesprüht. Der erste Schluck war himmlisch! Genau wie ich ihn mochte. Doch leider musste ich das Kunstwerk zerstören. Was solls …

Ich wollte gerade mein Handy in die Hand nehmen, als es klingelte.

„Hey Franz, das ging ja flott", begrüßte mich Herr Ziegenheimer.

„Hallo Karl, " meldete ich mich „schön, dass du Zeit für uns hast."

„Ja nehme ich mir für dich gerne. Wir sehen uns zwar nicht so oft, aber unsere Ladies sind doch sehr verbandelt. Das sollten wir in Zukunft ändern, oder? …. Ich stehe vor dem Clubhaus. Wo bist du?"

„Ich sitze hier im Clubhaus bei einem himmlischen Cappuccino. Komm rein, wir müssen ja noch auf die anderen warten. Die kommen alle aus Straubing und das kann noch ein bisschen dauern. Ich lade dich natürlich ein."

„Bin schon unterwegs", hörte ich noch und schon ging die Eingangstüre vom Clubhaus auf und Herr Ziegenheimer kam mit großen Schritten auf mich zu.

Ich hob die Hand und winkte ihn zu mir an den Tisch.

Karl Ziegenheimer, knapp über 70, sportlich, schlank und immer einen verschmitzten Blick auf Lager. Einen Friseur hatte er nicht mehr nötig, was er mir in der Vergangenheit immer wieder als großen Vorteil geschildert hatte: was er dadurch an Geld einsparte! Doch das war jetzt nicht das Thema. Wir begrüßten uns herzlich und ich bestellte bei Frau Steiner noch einen zusätzlichen Cappucino.

„Karl", begann ich das Gespräch, „schön, dass du gleich kommen konntest."

„Also, wenn die Mordkommission ruft, dann muss etwas Besonderes passiert sein, oder?"

„Da hast du natürlich recht. Wir haben einen Toten im Wald und wir tappen noch im Dunklen. Zumindest weiß ich inzwischen, wer der Tote ist. Ein grüner Deggendorfer Stadtrat! Unglaublich."

„Und warum und wozu brauchst du dann mich?" wollte er neugierig wissen.

„Na ja, wenn sich einer mit Schwammerl auskennt, dann bist es doch du, oder?"

„Das kannst du annehmen", antwortete er sichtlich geschmeichelt. „Ein Toter und Schwammerl? Wie passt das denn zusammen?"

„Na, das wirst du schon noch sehen. Wir warten jetzt nur noch auf das Team aus Straubing und dann machen wir uns auf den Weg in Richtung des Fundorts. Hast du schon einmal einen Toten gesehen?" wollte ich noch von ihm wissen.

„Eigentlich nicht. Ich bin hart im Nehmen und ich denke, das haut mich nicht um. Bin jetzt bestens darauf vorbereitet. Ich bin gespannt, was mich da erwartet.

Übrigens, hast du nicht auch eine Kollegin, mit der du zusammenarbeitest?"

„Ja natürlich, nur die musste ich bei der Leiche zurücklassen, damit hier nichts passiert, was wir später vielleicht bereuen, oder nicht mehr rückgängig machen können. Ich denke da an Wildtiere oder ähnliches. Man weiß nie, was im Wald so alles herumläuft."

Damit gab er sich zufrieden und wir genossen unseren Cappucino.

Mein Handy machte sich bemerkbar. Frau Doktor Krankl aus Straubing.

„Hallo Frau Doktor Krankl, schön, dass es so schnell geklappt hat", begrüßte ich sie. „wo sind sie jetzt?"

„Ich stehe vor dem Clubhaus."

„Wir kommen gleich zu ihnen. Einen Moment." Wir tranken hastig unseren Cappucino aus. Ich zog meinen Geldbeutel aus meinem Sakko.

„Geht aufs Haus", kam mir Frau Steiner zuvor. Wir bedankten uns, verabschiedeten uns freundlich von ihr und machten uns auf den Weg.

Frau Doktor Krankl wartete schon auf uns. Ich begrüßte sie und stellte ihr Herrn Ziegenheimer als Schwammerlexperten vor.

„Ah, ein Schwammerlexperte, sehr interessant. Warum sind sie denn jetzt bei dem Fall mit dabei? Geht es denn hier und heute um Schwammerl? Ich dachte ich bin wegen einem Toten hier?"

„Ja und nein", mischte ich mich ein. „Bevor ich ihnen das erkläre, sollten sie das Mordopfer sehen. Ich denke, dann verstehen sie, warum ich Herrn Ziegenheimer gebeten habe, uns zu begleiten. Er selbst weiß auch noch nicht mehr. Wir warten nur noch auf die Spusi, die sollten auch jeden Moment eintreffen. Wir können mit den Golf-Carts in die Nähe des Tatorts fahren. Danach müssen wir etwa 20 Minuten zu Fuß gehen. Frau Stöcklgruber ist bei der Leiche und passt auf, dass nichts passiert. Man weiß nie, was im Wald so alles herumläuft. Und sicher ist sicher."

Wir gingen zu den von Herrn Kreutl bereitgestellten Carts und Frau Doktor Krankl und ich setzten uns in das erste. Ich bat Herrn Ziegenheimer sich hinten auf die Ablage, auf der normalerweise die Golfbags befestigt werden, zu stellen und sich beim Fahren festzuhalten.

In dem Moment bogen die beiden Autos der Spusi um die Ecke und parkten schwungvoll bei uns.

„Ah, da sind sie ja." Ich deutete mit dem Arm auf die ankommenden Autos. Wir begrüßten die sechs Kollegen und ich erklärte ihnen, wie wir auf dem kürzesten Weg zum Tatort kommen. Sie holten ihre Koffer aus den Autos und beluden die Carts so gut wie möglich. Zum Glück hatte Herr Kreutl genügend Carts zur Verfügung gestellt, so dass alles Platz hatte. Nun konnte es losgehen und ich fuhr der Kolonne voran.

Oben am Abschlag der Bahn 18 angekommen, entluden wir die Carts und jeder bekam ein oder sogar zwei Gepäckstücke zum Tragen, denn nun ging es zu Fuß weiter.

Nach einiger Zeit erreichten wir den Standort von Herrn Reinheimer, der schon ungeduldig auf uns wartete.

„Das ist Herr Reinheimer", stellte ich ihn vor, „der den Toten gefunden hat. Er wird uns den Weg zum Ort zeigen, an dem Frau Stöcklgruber mit dem Opfer auf uns wartet. Noch eins, wir haben nur hier die Möglichkeit zu telefonieren. Wenn wir jetzt weitergehen, verliert sich das Netz und telefonieren ist nicht mehr möglich. Das nur zu ihrer Information."

Meine Ausführungen wurden mit lautem Murmeln quittiert. Herr Reinheimer ging langsam voran. Wir folgten in einer Kolonne.

Es war still. Man konnte nur das Schnaufen der Leute hören. Ab und zu unterbrach ein Vogel die Stille mit seinem fröhlichen Gesang.

Nach etwa 10 Minuten kamen wir bei Frau Stöcklgruber an. Nach der herzlichen Begrüßung machten sich die Leute von der Spusi bereits an die Arbeit, öffneten ihre Koffer und zogen sich die Schutzkleidung an. Auch Frau Doktor Krankl und ich schlüpften in die bereitgestellte Kleidung und die entsprechenden Überzüge über die Schuhe.

Frau Doktor Krankl ging zum Mordopfer und schüttelte den Kopf: „Also so etwas habe ich in meiner gesamten Laufbahn noch nicht gesehen. Wer macht denn so etwas?"

„Das wissen wir leider noch nicht", erwiderte ich. „Wir stehen erst am Anfang unserer Ermittlungen. Auf jeden Fall wissen wir inzwischen den Namen des Toten."

„Na, das ist doch schon was", meinte sie leicht amüsiert. „Aber jetzt lassen sie mich mal meine Arbeit beginnen." damit bückte sie sich nach unten und machte sich einen ersten Eindruck von dem Toten, so wie ich es schon des Öfteren bei ihr gesehen hatte. Routiniert und überlegt.

Die Leute von der Spusi hatten sich in der Zwischenzeit in der Umgebung verteilt, um entsprechende Spuren zu sichten, falls es welche geben sollte. Wir zwei, Frau Stöcklgruber und ich waren eigentlich momentan überflüssig. Und da war ja noch Herr Ziegenheimer! Er war inzwischen auch in die Schutzkleidung geschlüpft und hatte seine Schuhe mit dem blauen Überzug verschönert. Er stand verloren in der Gegend und so gingen wir zu ihm und ich forderte ihn auf, mit uns zu kommen.

Wir gingen die paar Schritte zu der Leiche und Herr Ziegenheimer machte große Augen, als er den Toten sah. Er wurde auch etwas bleich um die Nase und ich hoffte, dass ihm das nicht auf den Magen schlug, wie es oft vorkam, wenn man diesen Anblick nicht gewohnt war.

Doch Herr Ziegenheimer war hart im Nehmen und hielt sich wacker.

„Also Karl, warum ich dich hergebeten habe", begann ich das Gespräch „du kannst uns doch bestimmt sagen, welche Schwammerl hier um das Mordopfer liegen und vielleicht auch warum diese so angeordnet wurden. Hat das denn eine Bedeutung? Was will uns der Mörder damit mitteilen? Hast du eine Ahnung?"

„Franz, den Toten kenn ich! Des is da Thalhofer Artur!" rief er entsetzt aus.

„Oh, du kennst ihn?"

„Ja klar, ich war mit ihm zusammen bei den Geißkopf-Sängern. Er war seit etwa drei Jahren mit dabei und immer eifrig und zuverlässig. Das ist ein schwerer Verlust für den Chor."

„Das kann ich mir vorstellen. Doch jetzt zu den Schwammerl. Kannst du etwas dazu sagen?"

Herr Ziegenheimer betrachtete sich die Schwammerlanordnung noch einmal genauer, überlegte, kratzte sich am rechten Ohr und meinte:

„Der gelbe Schwammerl ist der honiggelbe Hallimasch und die meisten von den Braunen ist der düstere Röhrling. Den anderen Braunen kenne ich nicht, sieht aus wie der braune Champignon, bin mir aber nicht ganz

sicher. Was ich so sehe und wenn mich nicht alles
täuscht, hat er uns eine Nachricht hinterlassen. Ich war
in den 70-er Jahren beim Bund und dort bei den Funkern. Das hatte damals noch mit Morsen zu tun, wenn
du mir folgen kannst. Ich denke, ich kann ein paar
Buchstaben erkennen, doch ich müsste erst mal die ein-
zelnen zuordnen und auf jeden Fall aufschreiben. Hat
jemand etwas zum Schreiben dabei?" fragte er in die
Runde.

Ich griff in mein Sakko und holte meinen Notizblock
hervor.

„Karl, ein Kommissar hat immer etwas zum Schreiben
dabei. Bei einer Vernehmung, wenn man kein Aufnah-
megerät zur Verfügung hat, ein ganz wichtiges Utensil.
Und auch sonst brauche ich ihn immer wieder."

Herr Ziegenheimer nahm den Notizblock, einen Kugel-
schreiber und begann mit seinen Aufzeichnungen. Ich
schaute ihm interessiert über die Schulter und meinte:
„also ich sehe nur Punkte und Striche. Was soll denn
das werden, Karl?"

„Das sind die Morsezeichen", erklärte er. „Die bestehen
aus Punkten und Strichen. Ich muss nun herausfinden,
welche Farbe die Punkte im Morsealphabet sind, und
welche die Striche. Wenn ich annehme, dass die gelben
die Punkte sind und die braunen die Striche, dann kann
ich schon einige Buchstaben zuweisen. Doch wo fange
ich an? Wo hat der Mörder mit seiner Nachricht begonnen? Was meinst du?"

„Das ist doch egal. Am Schluss, wenn du alles notiert hast, können wir sicher sagen, wo der Satz oder der Hinweis, oder was auch immer, beginnt und endet."

„Da hast du auch wieder recht."

Er machte sich weiter eifrig an sein Werk. Blatt für Blatt füllte er mit seinen Punkten und Strichen aus. Gelb, gelb, braun …. braun gelb, braun … Zwischen den Schwammerl war nach drei oder vier Stück immer wieder ein kleiner, kaum sichtbarer Abstand. Da musste man schon genau hinschauen und das tat der Karl auch. Er machte sich abschließend noch ein paar Fotos mit seinem Handy und meinte: „Ich glaube, ich bin durch. Zur Sicherheit habe ich noch Fotos gemacht, wenn ich etwas nachschauen müsste oder übersehen habe. Wenn ich daheim bin, mache ich mich auch sofort an die Entschlüsselung. Du wirst also noch heute mein Ergebnis bekommen."

„Kannst du denn vorab schon etwas erkennen oder entziffern?" wollte ich noch von ihm wissen.

„Na klar, ein paar Buchstaben kann ich schon zuordnen. Doch warte lieber mal ab, bevor ich etwas Falsches sage. Wir sehen uns."

Er verabschiedete sich von uns und ging den Weg zurück.

Ist doch großartig, wenn man solche Freunde hat. Den Karl kenn ich auch schon sehr, sehr lange. Ich wusste schon, dass er sich mit Schwammerl gut auskennt, aber dass er bei der Bundeswehr und dort bei den Funkern war, das hatte ich nicht gewusst. Hatte er mir auch nie erzählt. Vielleicht war es auch nicht so wichtig. Heute war es ein Glückstreffer, der uns in den Ermittlungen vielleicht ein Stück weiterbringen könnte. …. der Karl!

Wir hatten unsere Arbeit vorerst erledigt. Mehr konnten wir momentan nicht machen. Wir verabschiedeten uns von Frau Dr. Krankl und sie versicherte uns, dass sie uns baldmöglichst den Obduktionsbericht zukommen lassen wird. Dafür müsste sie erst einmal die Leiche auf ihrem Tisch haben, was sie mit einem süffisanten Unterton mitteilte.

Wir zogen unsere Schutzkleidung aus und gingen zu Herrn Reinheimer, der immer noch etwas abseits auf uns wartete.

„Herr Reinheimer, schön, dass sie sich so lange für uns Zeit genommen haben. Wir hätten noch einige Fragen an sie", begann ich das Gespräch. „Ich denke, es wäre besser, wenn wir das im Clubhaus bei einer Tasse Kaffee machen würden. Was halten sie davon?"

„Ja natürlich gerne. Auf jeden Fall besser als hier mitten im Wald bei einer Leiche."

Ich nickte zustimmend. So gingen wir gemeinsam schweigend den Weg zurück zu den abgestellten Carts. Da bei allen noch der Schlüssel steckte, nahmen wir das Erstbeste und fuhren zum Clubhaus zurück. Herr Reinheimer musste sich hinten auf die Ablage stellen und er machte das perfekt. So kamen wir schnell am Clubhaus an.

———————

ʹEs ist schon ein komisches und ungewohntes Gefühl, einen Menschen umgebracht zu haben. Ich kann es irgendwie nicht glauben: ich bin ein Mörder! Doch der Artur hat es verdient! Vögelt mit meiner Frau und macht sich noch darüber lustig. Wie lange das schon geht, weiß ich nicht. Nein, das kann und konnte ich nicht so hinnehmen. Das hat mich total gewurmt!

War auch ein seltener Zufall, dass ich ihn im Wald beim Schwammerlsuchen getroffen habe. So ein Weiberheld, na ja, gut ausgeschaut hat er ja, muss ich schon zugeben. Trotzdem, meine Aurelia, meine große Liebe. Ich konnte es anfangs gar nicht glauben. So nach und nach wurde es mir immer deutlicher. Irgendetwas stimmte nicht mehr mit ihr. So etwas spürt man nach so langer Zeit. Also habe ich sie verfolgt, um meinen Verdacht zu überprüfen … und wirklich! Sie traf sich mit ihm ….mit ihm … dem Artur! Ich war total perplex. Was sollte ich tun? Sie zur Rede stellen? Mit ihm reden? Nein, ich brauchte noch mehr Beweise. Und dann treffe ich ihn im Wald. In meinem Wald, in meinem Schwammerlrevier. Natürlich habe ich ihn zur Rede gestellt. Und dann fängt er an, dass ihr meine Liebe nicht mehr ausreicht, dass Aurelia inzwischen besseres gewohnt ist, dass sie sich nach ihm verzehrt, dass er ihr die echte Liebe zurückgebracht hat. Und dann erzählt er mir auch noch, dass ihm meine Aurelia meine Schwammerlplätze verraten hat! Da hat etwas in mir klick gemacht und ich hab ihn an seinem Kragen gepackt. „Und du gibst mir jetzt als erstes deine Schwammerl" habe ich ihn angeschrien. Aber er hat überhaupt nicht darauf reagiert. Hat mich nur blöde angegrinst. Da habe ich ihn von mir weggestoßen und er ist zusammen mit mir umgefallen. Irgendetwas hat beim Fallen bei ihm komisch geknackt. Und dann hat er auch nicht mehr gelächelt, sondern eher erschrocken geschaut. Diese blöde Fresse. Ich konnte nicht anders. Ich hatte plötzlich einen größeren Stein in der Hand, woher auch immer und dann habe ich ….. `

Frau Steiner begrüßte uns mit einem Lächeln und natürlich machte sie uns umgehend den wirklich gut schmeckenden Kaffee, den wir drei lobend genossen. Wir setzten uns auf die Terrasse mit einem wunderbaren Ausblick auf den Bayrischen Wald und auf den Golfplatz. Alle möglichen Grünfärbungen waren zu sehen, von dunkel- bis hellgrün. Herrlich.

„Also Herr Reinheimer, wie gesagt, ein paar Fragen hätten wir noch an sie", riss ich mich von dem Ausblick los und begann das Gespräch. „Sie haben den Toten zufällig gefunden. Ist das richtig?"

„Ja, wirklich durch Zufall. Ich war Schwammerlsuchen und momentan ist genau die richtige Zeit dafür. Ich hatte auch schon einige tolle Exemplare gefunden und dann bin ich auf diese Spur gestoßen und ich bin ihr nachgegangen .... und dann habe ich den .... Toten gefunden." Herr Reinheimer musste sich überwinden, das merkte man deutlich, dass ihm das immer noch sehr zusetzte.

„Ist ihnen sonst noch etwas aufgefallen?"

„Ja natürlich, wie der so da lag, so geschmückt .... die ganzen Schwammerl um ihn rum. Also das war schon sehr extrem. Warum macht man sowas?"

„Genau das möchten wir auch gerne wissen. Wir sind an dem Thema dran."

Ich gab ihm noch meine Visitenkarte und er wollte gerade aufstehen, als ihn Frau Stöcklgruber zurückhielt.

„Sagen sie mal, Herr Reinheimer. Sie waren doch auch beim Schwammerlsuchen. Hat man da keinen Korb für die Beute mit dabei, oder hatten sie noch kein Glück?"

„Ahhh .... , stimmt. Den muss ich oben im Wald in der Aufregung stehen gelassen haben. So ein Mist! Und es sind schon einige wirklich schöne Exemplare drin. Auf die möchte ich jetzt nicht verzichten."

„Na, dann nichts wie los, " ermunterte ich ihn. „Sie können gerne wieder mit einem Cart hochfahren, dann geht es doch erheblich schneller."

„Danke, nehme ich gerne an. Also dann, auf Wiedersehen." Er stand auf, schüttelte jedem von uns die Hand und machte sich auf den Weg zu seinem Korb.

„So, liebe Mina, wir haben jetzt als nächstes den Besuch zu machen, der mich immer wieder betroffen macht und der mir, auch nach über 20 Jahren im Dienst, immer noch sehr schwerfällt. Wir müssen der Frau des Mordopfers, der Frau Thalhofer, die Todesnachricht überbringen ….. Wissen wir denn schon die Adresse von Frau Thalhofer?"

„Nein, das kann die Karin für uns ermitteln. Ich rufe sie gleich mal an." Damit zückte sie ihr Handy und telefonierte mit Frau Unholzer.

„Alles erledigt, sie schickt uns die Adresse."

„OK, passt. Ach, übrigens meldet sich mein leerer Magen, was hälst du davon, wenn wir unterwegs nach Deggendorf noch eine kleine Zwischenstation einlegen? Ich wüsste da auf dem Rückweg ein Wirtshaus, das traditionelle, einheimische Kost serviert und die haben ein selbstgebackenes Brot, da kann man nicht nein sagen. Was meinst du?"

„Und Frau Thalhofer?"

„Eine halbe Stunde früher oder später, ich denke das spielt doch keine Rolle, oder?"

„Wenn du meinst. Na, dann lass uns mal los düsen. Ich bin gespannt, was du mir da wieder Neues zu bieten hast. "

Ich öffnete die Türen und wir stiegen ein. Ich fuhr an der Kreuzung nicht wie üblich nach rechts in Richtung

Wegmacherkurve, sondern nach links nach Schaufling. Hier konnte man auch schon ein großes Schild sehen: Landgasthaus Düllhof. Das war unser Ziel.

Ich bremste und bog nach rechts ab auf den Parkplatz vom Düllhof. Ich parkte ein und wir stiegen aus. Frau Stöcklgruber blieb erst mal überrascht stehen und blickte sich um.

„Das schaut ja richtig heimelig aus. Und so eine Aussicht! Kannst du mir erklären, was wir da alles sehen können?", wollte sie von mir wissen.

„Also da hinten siehst du den Brotjacklriegel, den Berg mit der großen Antenne obendrauf, dann erkennt man Innenstetten mit dem Steinbruch und da vorne mit den großen Kaminen ist das ehemalige Kraftwerk in Pleinting."

„Ah ja, habe ich schon mal in der Zeitung gelesen. Sie wissen momentan nicht so genau, was sie damit anfangen sollen. Stimmt's?"

„Ja genau. Ob sie das Kraftwerk wieder in Betrieb nehmen sollen, oder doch umbauen oder ganz stilllegen. Ist alles noch in der Diskussion. Jetzt lass uns doch mal sehen, was es heute Gutes zum Essen gibt."

Damit ging ich die Treppen hoch in Richtung Wirtshaus.

Es war warmes und wolkenloses Wetter, also machte ich den Vorschlag, doch im Freien zu sitzen.

„Na klar", meinte Mina, „ist doch ideal."

Wir waren momentan die einzigen Gäste und so setzten wir uns auf die nächste Holzbank, Mina mir gegenüber.

Wir saßen kaum, als auch schon die Wirtin, Frau Schnellberger, uns freundlich begrüßte: „Oh, der Herr Kommissar Breslmaier. Grüß sie, lange nicht mehr gesehen."

„Hallo Frau Schnellberger. Ja, sie haben recht, war schon einige Zeit nicht mehr bei ihnen. Wir sind knapp am Verhungern. Ich hoffe, ihre Küche ist schon betriebsbereit und kann uns retten!"

„Für sie doch immer, Herr Kommissar. Was darf es denn sein? Brauchen sie die Speisekarte?"

„Aber Frau Schnellberger! Die kenne ich doch in- und auswendig, " gab ich entrüstet von mir. „Doch für meine Kollegin wäre es sicher von Vorteil, wenn sie mal einen Blick reinwerfen dürfte, oder Frau Stöcklgruber?"

„Ja gerne", erwiderte sie launisch, „kann sicher nicht schaden."

Frau Schnellberger machte kehrt und brachte Frau Stöcklgruber umgehend die Speisekarte.

Mein Handy meldete sich. Ich fischte es aus meinem Sakko und konnte erkennen, dass Herr Ziegenheimer anrief.

Ich nahm das Gespräch erfreut an und begrüßte ihn: „Karl, schön, dass du dich so schnell meldest. Hast du schon etwas herausbekommen?"

„Ja, habe ich. Die Morsezeichen, bzw. die ausgelegten Schwammerl, ergeben folgenden Satz: *das ist mein Refier*. Revier mit f geschrieben, also Refier. Warum der Rechtschreibfehler. Und das ist deine Aufgabe. Vielleicht steckt ein Hinweis dahinter. Ich habe die gefundenen Wörter in verschiedenen Reihenfolgen aneinander geordnet. Doch es gab nur dieser Satz einen Sinn. Also habe ich ihn so niedergeschrieben, wie die Schwammerl auch ausgelegt waren, von links nach rechts. Reicht das fürs erste?"

„Ja klar, mehr und besser konntest du uns nicht helfen. Nochmals vielen Dank. Ich bin dir etwas schuldig. Mal schauen, was ich dir Gutes tun kann. Schöne Grüße an deine Frau. Wir sehen uns."

Damit verabschiedete ich mich von ihm, steckte mein Handy wieder ein und wandte mich an Frau Stöcklgruber: „Herr Ziegenheimer war dran. Er hat das Rätsel gelöst. Die angeordneten Schwammerl ergeben den Satz: Das ist mein Revier. Revier mit f geschrieben, warum auch immer. Was meinst du dazu?"

Frau Schnellberger kam an unseren Tisch, um die Bestellung aufzunehmen.

„Was darfs denn sein? Etwas gefunden?" fragte sie Frau Stöcklgruber.

„Also ich hätte gern einen Brotzeitteller mit dem großartigen Brot, von dem mir Herr Breslmaier schon vorgeschwärmt hat. Und bitte, eine nicht zu große Portion. Sie wissen ja, wir Frauen müssen auf unsere Linie schauen."

„Ja ja, weiß ich schon", erwiderte Frau Schnellberger. „Also einen kleinen Brotzeitteller für sie und was zum Trinken?"

„Eine Apfelschorle bitte."

„Und für Sie, Herr Breslmaier?"

„Ahhh … ich nehme die Rindsroulade mit Serviettenknödel. Die war das letzte Mal ein Traum! Und dazu hätte ich gerne ein alkoholfreies Weißbier. Haben sie das auch von der Deggendorfer Brauerei?"

„Leider nein", entgegnete Frau Schnelldorfer. „Die haben nur Biere mit Alkohol. Vielleicht kommt das noch irgendwann. Die sind nämlich sehr innovativ und schnell am Umsetzen. Nehmen wir dann ein Hacklberger aus Passau?"

„Ja passt auch", meinte ich abschließend. Ich wandte mich wieder zurück zu Frau Stöcklgruber.

„Mina, was sagst du zu dem Schwammerlsatz?"

„Also das könnte meiner Meinung nach in verschiedene Richtungen gehen. Was ist ein Revier? Ein Jagdrevier, ein Schwammerlrevier. Und dann der Fehler mit dem f. Und warum bringt man jemanden um und teilt uns dann mit, dass das sein Revier ist? Ich kann mir darauf keinen Reim machen. Was hältst du davon?"

„Also ich denke jetzt mal laut: ein Revier ist ein Bereich, in dem sich jemand verantwortlich, zuständig fühlt. Bei Tieren sagt man doch auch: sein Revier abgrenzen. Auch bei uns, der Polizei, ist doch das Polizeirevier ganz geläufig, oder? Aber jetzt auf unser Mordopfer angewendet, würde ich sagen, dass der Mörder sein Revier abgrenzen will und den Eindringling daher umgebracht hat. Ich weiß nicht, reicht das für einen Mord?"

„Ich glaube, da steckt noch etwas anderes dahinter. Das allein kann es nicht sein, dass er sein Schwammerlrevier verteidigt. Nur, was könnte das sein?"

„Vielleicht eine private Fehde, oder etwas Ähnliches. Das sollten wir auf jeden Fall untersuchen. Den Freundeskreis von Herrn Thalhofer nehmen wir als erstes unter die Lupe. Mal schauen, was wir da finden."

Mein Handy meldete sich wieder. Das Display zeigte mir, dass Frau Doktor Krankl dran war. Ich meldete mich und fragte sie, was es Neues gibt.

„Also Herr Breslmaier", begann sie ihre Ausführungen. „Wir haben jetzt auch die Schwammerl untersucht, die um das Todesopfer angeordnet waren, also auf Fingerabdrücke überprüft und neben denen von Herrn Thalhofer auch noch andere gefunden. Leider hatten wir, nach der Eingabe in unsere Datei, keinen positiven Treffer. Ich denke, hier hat der Mörder seine Fingerabdrücke hinterlassen. Jetzt müssen sie nur noch den dazu passenden Täter finden. Also viel Vergnügen! Mehr kann ich ihnen momentan nicht sagen."

Ohne sich zu verabschieden, beendete sie spontan unser Gespräch.

Ich schaute verdutzt auf mein Handy, sie hatte wirklich schon aufgelegt.

„Na, das war wieder Frau Doktor Krankl wie sie leibt und lebt", bemerkte ich an Frau Stöcklgruber gerichtet. „Sie hat mir mitgeteilt, dass an einigen Schwammerl Fingerabdrücke zu finden waren, die nicht dem Mordopfer gehören. Jetzt müssen wir nur noch den dazu passenden Mörder finden."

Frau Schnellberger kam mit den Getränken und stellte sie auf den Tisch. „Essen kommt gleich", bemerkte sie noch und war schon wieder in Richtung Küche verschwunden.

Wir prosteten uns zu und ich wollte gerade von meinem Weißbier trinken, als sich mein Handy wieder meldete. Meine Frau Claudia!

Ich nahm das Gespräch an und begrüßte sie freudig überrascht: „Hey liebe Claudia. Das ist eine Überraschung. Bist du schon daheim? Ist die Schule schon zu Ende?"

„Nein Franz, ich habe gerade Pause und musste dich anrufen: meine Eltern haben sich kurzfristig entschieden, uns zu besuchen. Sie kommen schon heute Nachmittag mit dem ICE um 15:57 Uhr in Plattling an. Kannst du sie abholen? Ich habe ja heute Nachmittag noch Schulstunden."

Ich musste erst mal tief durchschnaufen. Meine Schwiegereltern sind doch immer wieder für Überraschungen gut.

„Ja, geht klar, mach ich. Und weißt du, was der Grund für ihre Entscheidung ist, uns so zu überfallen?"

„Keine Ahnung, du kennst doch meinen Papa. Er ist sein ganzes Leben lang schon spontan. Ohne Rücksicht auf andere. Ich bin überhaupt nicht auf einen Besuch vorbereitet. Ich muss noch einkaufen, die Gästebetten herrichten und und ..."

„Na da bin ich gespannt, was die zu erzählen haben. Irgendwie freue ich mich sie wieder zu sehen. Ist doch schon einige Zeit her, dass sie bei uns waren. Auf jeden Fall bin ich um 16:00 Uhr in Plattling. Mach dir keine Sorgen, wir kriegen das schon hin."

Wir verabschiedeten uns und kaum hatte ich aufgelegt, als auch schon Frau Schnellberger mit unserem Essen kam. Mmmmhh wie das duftete! Und wie das schmeckte!

Auch Frau Stöcklgruber war offensichtlich sehr angetan von ihrem Brotzeitteller.

„Franz, das war dein bester Einfall heute. So ein großartiges Brot und dazu der Butter und das Gräucherte. Ein Traum.“

Wir genossen den Rollbraten und den Brotzeitteller und bedankten uns anschließend bei Frau Schnellberger für das schmackhafte Essen. Ich zahlte und musste ihr versprechen, dass wir bald wieder vorbeischauen würden.

Frau Unholzer hatte mir in der Zwischenzeit die Adresse der Familie Thalhofer geschickt: Deggendorf, Arberstrasse 24. Ich wusste, wo die Adresse zu finden war: am Himmelreich. Trotzdem gab ich die Adresse ins Navi ein und so fuhren wir los, rundum satt und zufrieden.

Wir erreichten die Adresse ohne Verkehrsprobleme. Es war auch noch vor 13:00 Uhr, bevor die Schulen und damit die Schulbusse den Verkehr behindern konnten.

Wir hielten vor einem einstöckigen, schon in die Jahre gekommenen, gepflegten Haus mit einem großen, ansprechendem Garten.

„Mina, bevor wir reingehen. Wir haben noch gar nicht nach dem Auto von Herrn Thalhofer geschaut. Müsste doch auf jeden Fall irgendwo auf der Rusel zu finden sein. Seine Frau sollte uns, wenn möglich, den Zweitschlüssel geben. Frau Doktor Krankl hat mir nichts von einem Schlüssel berichtet.“

„Ja, stimmt. Das Auto ist zwar in unserem Fall nicht so wichtig und relevant. Doch wir sollten es schon finden und der Frau Thalhofer zurückbringen. Komm lass uns klingeln."

Wir stiegen aus und ich drückte auf den Klingelknopf, der an der Gartentüre angebracht war. Die Haustüre öffnete sich einen Spalt und eine Frau mittleren Alters erkundigte sich, was wir denn wollten.

„Ich bin Kommissar Franz Breslmaier von der Deggendorfer Polizei und das ist meine Kollegin, Frau Kommissarin Stöcklgruber. Dürfen wir kurz reinkommen?"

„Was, was ist denn passiert?" wollte sie noch ganz aufgeregt wissen.

„Das möchten wir ihnen gerne persönlich sagen", merkte ich bestimmend nach.

Jetzt öffnete sie die Türe ganz und bat uns herein.

Frau Thalhofer war eine attraktive, gutaussehende Frau mit langen, dunklen, ihr Gesicht einrahmende Haare. Sie hatte blaue Jeans und ein weißes T-Shirt mit einer kleinen, roten Beschriftung vorne an, was ihr sehr gut-stand. Ihr ganzes Erscheinen machte einen gepflegten und positiven Eindruck. Ich schätzte sie auf etwa An-fang dreißig, also viel jünger als ihr Mann.

Sie führte uns in das Wohnzimmer, wo wir auf einer Couch Platz nahmen.

Sie setzte sich gegenüber auf einen Sessel und meinte: „Ist etwas mit meinem Mann, mit dem Artur? Er ist heute ganz früh schon zum Schwammerlsuchen aufgebrochen und ich habe seither nichts mehr von ihm gehört. Auch am Handy kann ich ihn nicht erreichen. Ich denke, im Wald gibt es kaum Handynetz, oder?"

„Da haben sie recht", übernahm ich das Gespräch. „Jetzt müssen sie ganz stark sein, liebe Frau Thalhofer …… wir haben nämlich eine schlechte Nachricht für sie: ihr Mann wurde heute Früh im Wald auf der Rusel das Opfer eines Verbrechens."

Frau Thalhofer schrie laut auf und verbarg ihr Gesicht mit ihren Händen. „Nein, nein, das kann doch gar nicht sein!" schluchzte sie laut. „Mein Artur, mein Artur, nein, das kann nicht sein!"

Jetzt mischte sich Frau Stöcklgruber mit ein. Frauen haben halt doch ein einfühlsameres Vorgehen. „Frau Thalhofer, ich weiß, wie hart das jetzt für sie ist. Aber dürfen wir ihnen trotzdem ein paar Fragen stellen?"

Frau Thalhofer nahm ihre Hände nach unten und richtete sich auf. Ihre Tränen konnte sie nicht verhindern. Sie meinte mit tränenreicher, stockender Stimme: „, wenn es sein muss, dann helfe ich schon."

„Wann ist denn ihr Mann heute früh aus dem Haus?"

„Ich war noch im Bett, es war so gegen fünf Uhr. Ich bin danach auch nochmal eingeschlafen und bin dann um sieben Uhr aufgestanden. Ich habe frei, da ich die letzten Tage Nachtdienst hatte. Ich bin am Donau-Isar Klinikum als Pflegerin beschäftigt."

„Ah, verstehe. Hatte ihr Mann irgendwelche Feinde, Neider oder sonst jemand, der ihm nicht gut gesonnen war?"

Sie schluchzte noch einmal tief und putzte sich die Nase mit einem Tempotaschentuch.

„Na ja, Artur war ja im Stadtrat und da prallen doch immer wieder verschiedene Meinungen aufeinander. Aber dass dann jemand ….."

Sie verstummte und Frau Stöcklgruber ließ ihr Zeit, sich zu sammeln.

„Ansonsten wüsste ich nicht, wer ihn …."

„Wo war denn ihr Mann beschäftigt?"

„Beim TÜV-Süd in Deggendorf. Gleich nach dem Studium hat er dort angefangen. Da waren wir schon verheiratet."

„War er denn öfters in den Schwammerln?"

„Ja, er war begeisterter Schwammerlsucher. Und er hat auch immer viel gefunden. Er hatte so seine Plätze. Da musste er nur hingehen und ernten. Ich war auch ab und zu mit dabei."

„Und wo waren die?" wollte sie noch neugierig wissen

„Kennen sie den Dattinger Berg oben auf der Rusel?"

„Ja den kenne ich", mischte ich mich jetzt in das Gespräch ein. „Der ist auf der Rusel, am Golfplatz, wenn man in Richtung der Weinzierls fährt. Du erinnerst dich doch noch an unsere 'Teufelsaustreibung`?"

Frau Stöcklgruber meinte entrüstet „Natürlich, wie könnte ich so etwas vergessen."

„Ja und wenn man den Weg weiterfährt, kommt man auf den Dattinger Berg." Fügte ich noch erklärend hinzu.

„Ja, das ist doch nicht der Bereich, nicht der Wald, wo wir ihn gefunden haben." Sagte sie.

„Genau", antwortete ich. „Das ist jetzt unser Problem. Warum war Herr Thalhofer in einem anderen Wald unterwegs zum Schwammerlsuchen? Das müssen wir unbedingt, als erstes, noch klären. Übrigens, Frau Thalhofer, hatte ihr Mann auch einen Schwammerlkorb zum Sammeln? Und hatte er ihn an dem besagten Tag mit dabei?"

„Ja natürlich, wie immer. Zumindest ist er nicht hier im Haus."

„Und wie schaut der Korb aus? Farbig oder natur?"

„Naturfarben, also hellbraun. Warum wollen sie das wissen?"

„Wir haben ihn bisher noch nicht gefunden und wir gehen jetzt davon aus, dass ihn sein Mörder mitgenommen hat."

„Ah, verstehe …… Und, wie geht es denn jetzt weiter? Muss ich denn meinen Mann nicht identifizieren?" fügte sie noch hinzu.

„Ja, dazu wäre ich noch gekommen. Ich gebe ihnen gleich die Telefonnummer von Frau Doktor Krankl aus Straubing, das ist die zuständige Rechtsmedizinerin. Machen sie bitte möglichst bald einen Termin mit ihr aus. Ist das erledigt, wird ihr Mann auf die Todesursache hin untersucht. Anschließend wird die Leiche freigegeben und sie können mit einem Bestattungsunternehmen die weiteren Schritte erörtern. Übrigens würde ich ihnen sowieso empfehlen, dass sie sich ein entsprechendes Unternehmen aussuchen, das sich dann um alles kümmert", klärte ich sie auf.

„Haben sie da einen Tipp?" wollte sie noch von mir wissen.

„Wir dürfen natürlich keine Werbung machen, aber ich würde ihnen das Bestattungsunternehmen Pirlinger in Deggendorf empfehlen. Die Inhaber kenne ich seit Jahren persönlich und höre nur gute Sachen."

„Vielen Dank Herr Kommissar. Werde ich dann gleich machen."

„Ach übrigens, Frau Thalhofer, haben sie von ihrem Auto den Ersatzschlüssel zur Hand? Wir würden ihnen gerne ihr Auto zurückbringen. Leider haben wir es bis jetzt noch nicht gefunden. Wir sind dran und ich melde mich bei ihnen, wenn wir es entdeckt haben. Die Feuerwehr von Schaufling hat eine Drohne und mit der werden wir das Auto schon finden. Dafür brauche ich noch die Automarke, den Typ und die Farbe von Ihnen."

„Es ist ein schwarzer Audi Q3 mit der Nummer DEG-JK-298. Reicht das?"

„Ja, danke passt." Ich hatte nebenbei meinen Notizblock aus dem Sakko gezogen und schrieb mir die Daten auf. Ich gab ihr auch noch die Telefonnummer von Frau Doktor Krankl, damit sie den Termin mit ihr ausmachen konnte. Dafür gab sie mir ihre Handynummer, falls wir noch Fragen an sie hätten.

„So, jetzt wollen wir sie nicht weiter belästigen. Wenn sie Unterstützung brauchen, oder ihnen auch sonst noch irgendwas Wichtiges einfällt, so können sie uns jederzeit anrufen."

Wir gaben ihr beide unsere Visitenkarten und verabschiedeten uns von ihr. Ich hatte das Gefühl, dass sie sich gefangen und auch wieder gut im Griff hatte. Eine starke Frau. Sehr sympathisch.

Ich musste jetzt unbedingt den Feuerwehrkommandanten in Schaufling anrufen. Er brauchte die Information über das Auto von Herrn Thalhofer, um es mit der Drohne finden zu können.

Ich telefonierte beim Hinausgehen und gab die entsprechenden Infos an den Kommandanten weiter. Er wollte umgehend mit der Fahndung loslegen und mich dann informieren, wenn sie das Auto gefunden haben. Ich beendete das Gespräch und da fiel mir ein: die Auto-schlüssel! Wir hatten vergessen, dass sie sie uns geben wollte. Also kehrte ich noch einmal um und klingelte an der Haustüre. Es dauerte eine Weile, bis Frau Thalhofer die Türe öffnete und mich überrascht anschaute: „Ja, Herr Kommissar, was ist denn noch?"

„Entschuldigen sie bitte, Frau Thalhofer, wir haben vergessen, dass wir die Autoschlüssel …".

„Ach ja, genau. Bringe ich ihnen gleich. Ich habe jetzt schon mit der Frau Pirlinger telefoniert. Eine sehr nette Person. Sie kommt umgehend vorbei, um das Nötigste zu besprechen. Doch jetzt bringe ich ihnen erst mal den Schlüssel."

Sie verschwand kurz und kam mit dem Autoschlüssel zurück.

„Das ist mein Schlüssel. Den anderen hat der Artur. Ich hoffe, dass sie das Auto bald finden, denn ich brauche es, um in die Arbeit zu kommen, wenn sie verstehen."

„Alles klar. Sie bekommen ihn so schnell wie möglich wieder zurück. Versprochen." Sie wirkte jetzt viel ge-fasster als noch ein paar Augenblicke vorher. Ich denke, das Telefonat mit Frau Pirlinger hat ihr gutgetan.

Ich drehte mich um und eilte zu unserem Auto, wo Frau Stöcklgruber schon ungeduldig auf mich wartete.

„Alles klar, Mina. Den Schlüssel habe ich jetzt. Aber findest du nicht, dass Frau Thalhofer irgendwie komisch reagiert hat? Für mich machte sie den Eindruck, als wenn sie gar nicht so traurig war und das alles nicht echt war, was sie uns da vorführte. Vielleicht können wir sie morgen, bei einem neuen Besuch, etwas unter Druck setzen. Was hältst du davon?"

„Also da bin ich genau deiner Meinung. Auch mir ist das irgendwie komisch vorgekommen, wie sie darauf reagiert hat und wie sie sich zum Tod ihres Mannes geäußert hat. Es wird schwierig, sie zu einer Äußerung zu bewegen. Vielleicht sollte ich das besser allein versuchen? So von Frau zu Frau?"

„Gute Idee. Halten wir so fest. Doch jetzt sollten wir jetzt schnellstmöglich ins Büro zurück fahren, denn Doktor Hofer wartet sicher schon auf uns. Du kennst ihn ja."

Jetzt hieß es erstmal Ordnung in unsere Ermittlungen zu bringen. Ich rief von unterwegs Staatsanwalt Doktor Hofer an, um ihm mitzuteilen, dass wir schon unterwegs waren und ihm natürlich sofort die neuesten Informationen zukommen lassen würden.

Wir fuhren zügig zurück zum Präsidium. Ich parkte unser Auto und wir gingen in unser Büro, wo wir uns als erstes einen Kaffee genehmigten. Frau Stöcklguber hatte ohne eine Aufforderung die Kaffeemaschine in Bewegung gesetzt und so saßen jetzt wir beide mit einer dampfenden Kaffeetasse an unserem Schreibtisch und tauschten unsere bisherigen Ergebnisse und Eindrücke aus.

„Also Mina, viel haben wir ja bisher nicht, was uns weiterhelfen würde. Zunächst haben wir den Satz, den er uns, warum auch immer, mitteilen wollte: das ist mein Refier. Ich schreibe ihn mal auf unser Flipchart."

Ich stand auf, schnappte mir den schwarzen Filzstift und schrieb den Satz mit Druckschrift an das Board.

„Was haben wir sonst noch?" wollte ich von Frau Stöcklgruber wissen.

„Wir haben die Schwammerl, die um ihn herum angeordnet waren, und laut Frau Doktor Krankl auch verwertbare Fingerabdrücke darauf. Von ihr sollten wir auch bald die Todesursache mitgeteilt bekommen, ansonsten noch nichts Verwertbares. Auch Frau Thalhofer konnte uns nur sagen, dass ihr Mann gegen fünf Uhr morgens aufgebrochen ist. Was mir aufgefallen ist und komisch war, dass Herr Thalhofer nicht in seinem Wald am Dattinger Berg, wo er sonst immer unterwegs war, sondern in einem ihm anscheinend unbekannten Schwammerlwald. Warum geht man in einen Wald, den man nicht kennt und wo man auch die Schwammerlplätze nicht kennt, zum Schwammersuchen?"

„Ja, Mina, das schien mir auch sehr komisch. Ich mache uns einen Eintrag auf das Flipchart." Ich schrieb: verkehrter Wald (Schwammerlplatz).

„Was uns sonst noch fehlt", setzte ich fort „ist der Schwammerlkorb des Mordopfers und eventuell auch des Täters, seine Autoschlüssel, sowie natürlich die Mordwaffe. Doch solange wir nicht wissen, mit was er getötet wurde, können wir auch keine Tatwaffe suchen. Jetzt sollten wir allmählich zu Herrn Doktor Hofer gehen. Sicher wartet er schon ungeduldig auf uns und ich muss doch später meine noch Schwiegereltern in Plattling vom Zug abholen."

„Wann musst du denn los?"

„Um halb vier wäre ideal. Und jetzt los zum Doktor Hofer."

Wir gingen die Treppe hoch zu seinem Büro. Seine Sekretärin, Frau Soller, begrüßte uns herzlich und meldete uns umgehend bei Herrn Doktor Hofer an.

„Sie können schon reingehen. Er wartet bereits auf sie", meinte sie noch und wandte sich geschäftig wieder ihrem Monitor zu.

Wir klopften an und es ertönte umgehend ein ´Herein` und wir traten ein.

Staatsanwalt Doktor Hofer war von seinem Schreibtisch aufgestanden und begrüßte uns herzlich mit Handschlag.

„Ich warte schon auf sie und hoffe auf neue Informationen von ihnen", sagte er und bat uns in die Besprechungsecke. Wir setzten uns und er eröffnete sofort das Gespräch: „Die Presse sitzt mir schon im Nacken. Irgendwie haben sie vom aktuellen Fall Wind bekommen. Das Mordopfer, wie hieß er doch wieder?"

„Thalhofer, Artur Thalhofer", ergänzte ich spontan.

„Ah ja, Herr Thalhofer. Ich kannte ihn nicht persönlich. Er war als Stadtrat doch des Öfteren in der Zeitung. Daher kenne ich ihn. Na ja, kennen ist vielleicht zu viel gesagt. Aber jetzt: wie ist der Stand der Dinge?"

Ich schnaufte tief durch und begann: „Also, um den Oberkörper des Toten, waren Schwammerl angeordnet, was uns anfangs etwas verwirrte. Doch wir konnten diesen Hinweis des Täters, und das war es letztendlich, entziffern und lösen. Ich zeig ihnen mal ein Foto des Toten und wie wir ihn vorgefunden haben, damit sie das besser verstehen können."

Ich öffnete das entsprechende Foto auf meinem iPhone. Herr Doktor Hofer wirkte leicht überrascht beim Betrachten der Aufnahme.

„Das schaut ja wirklich unglaublich aus. Was hat sich der Täter denn für eine Arbeit gemacht? Und wozu?"

„Ja, das ist echt kaum nachvollziehbar. Und da hat uns Herr Ziegenheimer, ein Bekannter von mir und **der** Schwammerlspezialist, wenn es um Schwammerl geht, sehr geholfen Er hat nämlich nicht nur die Schwammerl zuordnen können, sondern er hat auch noch festgestellt, dass die Anordnung nicht einfach so, sinnlos, angebracht wurde, sondern, dass dies eine Nachricht, eine Mitteilung darstellt. Verwendet man das Morsealphabet, so erhält man den Satz: dies ist mein Refier, Revier mit f. Wir wissen bis jetzt noch nicht, was der Täter uns damit sagen will. Und warum er Revier falsch schreibt. Aber wir sind dran. Außerdem warten wir auf den Bericht der KTU, von Frau Doktor Krankl aus Straubing. Wir waren auch schon bei Frau Thalhofer. Der Besuch hat uns leider nichts Neues, keine neuen Erkenntnisse, gebracht. Jetzt wollen wir noch seinen Freundeskreis und seine Arbeitskollegen interviewen."

„Gut, gut, Herr Breslmaier. Kann ich der Presse schon etwas mitteilen?"

„Ich würde sie bitten, vorerst noch nicht. Wenn wir mehr haben, dann gebe ich ihnen Bescheid."

Frau Stöcklgruber meldete sich zu Wort: „Auf jeden Fall sollten wir auch noch den für den Bereich zuständigen Förster oder auch Jäger dazu ziehen. Außerdem könnte der Satz des Täters doch eine tiefere Bedeutung haben. Da sollten wir auch nochmal Herrn Ziegenheimer dazu ziehen. Wer weiß, vielleicht sieht er hier etwas ganz anderes als wir."

„Könnten wir in diesem Fall nicht auch die neuen Medien für einen Hinweis nutzen?" bemerkte Herr Doktor Hofer. „Ich denke da an die KI. Man liest und hört doch immer wieder von den unglaublichen Möglichkeiten, die die KI bieten soll."

„Sehr gute Idee", sagte Frau Stöcklgruber begeistert, „auf jeden Fall. Haben wir da jemanden, der uns helfen und unterstützen könnte?"

„Ich kenne einen IT-Spezialisten, der uns da bestimmt weiterhelfen kann", erwiderte Herr Doktor Hofer. „Den kann ich heute noch anrufen und ihn fragen, ob er kurzfristig Zeit für uns hat. Er heißt Wolfgang Pöslinger und ist, wie ich, bei den Rotariern. Ein absoluter Spezialist in der IT-Branche. Ist doch immer gut, wenn man solche Kontakte hat, oder? Ich gebe ihnen auf jeden Fall Bescheid."

Wir nickten beide zustimmend.

„Also, dann ran an die Arbeit. Ich denke, es gibt viel zu tun", meinte er noch abschließend. „Ich höre von ihnen."

Wir standen auf und verabschiedeten uns von ihm.

„Das mit der KI finde ich unheimlich interessant", sagte Frau Stöcklgruber beim Hinausgehen. „Ich habe schon viel davon gelesen, aber leider selbst noch nie ausprobiert. Bin gespannt, was sie uns offenbaren kann. Wäre super, wenn ich bei dem Treffen mit dabei sein könnte."

„Ich denke, das können wir sicher einrichten. Mich interessiert es genauso."

Wir erreichten unser Büro und setzten uns an unsere gegenüberstehenden Schreibtische.

„Ich muss spätestens um halb vier los, nach Plattling. Bei den Schwiegereltern darf ich mich auf keinen Fall verspäten", bemerkte ich.

„Kein Problem. Franz. Ich schmeiß schon den Laden."

„Jetzt sollten wir noch Termine koordinieren, damit wir weiterkommen. Ich versuche, den zuständigen Förster und den Jäger zu erreichen. Mal schauen, was die uns zu berichten haben."

„Und ich häng mich an die Freunde und Arbeitskollegen dran. Zuerst nehme ich mir seine Arbeitsstelle, das Deggendorfer Wasserwirtschaftsamt, vor", und schon schnappte sie sich das Telefon und begann zu wählen. Anscheinend hatte sie vorher bereits die Nummer gegoogelt. So schnell war ich wieder nicht. Ja, ja, die Philomena, immer flott unterwegs.

Ich machte mich jetzt auch daran, die passenden Nummern zu finden, was gar nicht so einfach war. Es gab so viele Distrikte und Unterbereiche. Letztendlich fand ich heraus, dass der für die Rusel zuständige Forstbetrieb in Bodenmais ansässig und der Leiter ein gewisser Hans Stöckl ist. Auch die Telefonnummer war angegeben und so rief ich dort umgehend an.

Leider war er nicht im Büro, sondern unterwegs und so bat ich die Sekretärin, mich doch unter meiner Handynummer zurückzurufen. Natürlich fragte sie auch nach, um was es gehen würde. Ich teilte ihr nur mit, dass es um ein Problem im Wald auf der Rusel gehen würde und ich ihr nicht mehr Details geben könnte. Sie gab sich mit der Information zufrieden. Ich gab ihr meine Nummer, bedankte mich und beendete das Gespräch.

Na ja, der erste Anruf war jetzt nicht wirklich erfolgreich. Auf zum zweiten. Ich googelte den Begriff 'Jagdpächter Rusel` und war kurz irritiert, da folgender Hinweis darauf erschien:

Ein flächendeckendes aktuelles Jagdpächterverzeichnis existiert in Deutschland nicht. Bitte wenden Sie sich bei der Suche nach Ihrem zuständigen Jagdpächter an die Liegenschaftsverwaltung ihrer Gemeinde oder Stadt. Dem dortigen Sachbearbeiter obliegt die Verwaltung des städtischen Eigentums. Fast alle Gemeinden und Städte haben Eigentum an jagdbaren Flächen und sind dadurch Mitglied der Jagdgenossenschaften in ihrer Gemarkung und kennen nicht nur die Jagdpächter, sondern auch die Grenzen der Jagdreviere.

Also auch nicht gerade erfolgreich. Sicher könnte mir Herr Stöckl da weiterhelfen. Es war inzwischen viertel nach drei und ich sollte mich allmählich nach Plattling aufmachen. Ich schnappte mir mein Sakko und verabschiedete mich von meiner Kollegin.

Die Fahrt nach Plattling ging ohne großes Verkehrsaufkommen von statten.

Ich parkte das Auto am Haupteingang des Plattlinger Bahnhofs und ging in Richtung der Bahnsteige. Ich erkundigte mich noch am Aushang auf welchem Gleis der ICE aus Nürnberg ankommen sollte: Gleis 3, 15:57 Uhr. Ich war noch gut in der Zeit. Wenn er pünktlich ankommen sollte, so hatte ich noch zehn Minuten bis zur Ankunft.

Ich ging gemütlich die Treppen zur Unterführung hinunter und dann hoch zum Gleis drei. Es standen nur wenige Leute mit mir am Bahnsteig, die den IC erwarteten.

Was für eine Überraschung: laut digitaler Anzeige, soll der Zug sogar pünktlich ankommen. Ich setzte mich auf die leere Bank und holte mein Handy aus dem Sakko.

Ahhh…. drei Nachrichten. Ich öffnete die erste, von Frau Doktor Krankl: *'Hallo Kommissar Breslmaier. Ich habe interessante Neuigkeiten für sie. Rufen sie mich bitte zurück'*.

Ich schaute mir noch die beiden anderen Nachrichten an: Frau Stöcklgruber und Herr Doktor Hofer. Na, die beiden können warten. Ich wählte die Nummer von Frau Doktor Krankl.

Sie meldete sich umgehend: „Doktor Krankl".

„Hallo Frau Doktor Krankl. Kommissar Breslmaier. Sie haben Neuigkeiten für mich?"

„Ja, genau. Gut, dass sie mich so schnell zurückrufen. Ich habe jetzt ihr Mordopfer auf meinem Tisch und da habe ich festgestellt, dass er sich, anscheinend beim Sturz, die rechte Schulter gebrochen hat. Das heißt für mich, dass er kaum noch Kraft hatte, sich zu wehren. Der Mörder hatte freie Bahn und er nutzte das weidlich aus. Es sind mehrere Schläge mit einem Gegenstand, den ich als Stein identifizieren würde, auf den Kopf, vor allem auf die Schläfe festzustellen. Der Tod trat relativ schnell ein. Das Opfer wurde zunächst bewusstlos und die Anzahl und die Vehemenz der Schläge waren ausreichend, um ihn zu töten. Alles weitere bekommen sie schriftlich mitgeteilt, wie immer."

„Danke Frau Doktor Krankl, das ergibt jetzt einen anderen Blick auf den Vorfall. Es ist auf jeden Fall keine Notwehr, sondern ein gezielter und gewollter Mord, der hier stattfand. Vielen Dank im Voraus."

Wir verabschiedeten uns und ich steckte das Handy wieder ein, denn die Einfahrt des ICE wurde bereits angekündigt.

Und da waren sie: meine Schwiegereltern: Renate und Hans-Peter Sievers. Beide über siebzig Jahre alt, immer noch gutaussehend und fit. Renate mit kurzen, grauen Haaren, Hans Peter dagegen mit schütterem, graubraunem Haar und einigen lichten Stellen. Im Gegensatz zu Renate mit einem kleinen Bäuchlein und einem Dreitagesbart, der allerdings auch schon grau durchschimmerte. Jeder mit einem großen Rollkoffer und Hans-Peter noch zusätzlich mit einem Rucksack bestückt.

Sie hatten mich schon entdeckt und gingen flotten Schrittes in meine Richtung. Ich schloss zunächst meine Schwiegermutter Renate und dann auch Hans-Peter in meine Arme.

„Herzlich willkommen in Niederbayern, bei uns zuhause", begrüßte ich sie erfreut. „Wir haben uns ja schon lange nicht mehr gesehen. Schön dass ihr da seid."

„Moin, moin lieber Franz", erwiderte Renate. „Wir freuen uns auch sehr, euch wieder mal in Natura zu sehen. Hans-Peter hatte die Idee, euch einfach zu überfallen. Wir reden schon lange davon, euch wieder zu besuchen. Und jetzt hat es einfach terminlich bei uns gepasst. Ich hoffe, ihr seid mit unserem spontanen Überfall einverstanden? Übrigens, wie geht's Claudia und den Kindern? Alle gesund und munter?"

„Ja, alles paletti. Die Kinder studieren fleißig. Vielleicht können sie am Wochenende kommen, wenn ihr schon mal da seid. Sie wollen euch sicher auch sehen. Das wäre doch super, oder?"

„Ja das wäre optimal. Wie lange ist es her, dass wir sie nicht mehr gesehen haben?"

„Ich denke, Weihnachten letztes Jahr. Da wart ihr auf der Durchreise nach Cannero an den Lago Maggiore. Stimmt doch, oder?"

„Genau", antwortete Hans-Peter „da waren wir unterwegs nach Cannero. Na ja, der Urlaub war etwas kalt und frostig und das Resort, in dem wir unterkamen, war doch schon sehr abgewohnt und renovierungsbedürftig. Aber jetzt freuen wir uns auf euch!"

„Kommt, lasst uns gehen. Claudia wartet schon auf euch." Ich schnappte mir den Koffer von Renate und wir gingen in Richtung Ausgang.

Hans-Peter war während seiner aktiven Zeit bei der Polizeidirektion in Kiel. Zunächst im Außendienst als Streifenpolizist und in den letzten Jahren im Innendienst. Und da hatte er so manchen interessanten Fall zu bearbeiten, wie er mir des Öfteren berichtet hatte. Und jetzt meint er natürlich, dass er auch mich entsprechend unterstützen kann. Doch wie weit kann ich ihn mit einbeziehen, ohne dass ich mit meinen Vorgesetzten Probleme bekomme?

„Und Franz, was gibt es Neues? Ein Fall bei dem ich dir helfen kann?" wollte er auch umgehend von mir wissen.

„Jetzt lass uns doch erst mal ankommen, Hans-Peter", kam mir Renate tadelnd zuvor. „Wir sind doch nicht zum Arbeiten gekommen, sondern um ein paar Tage auszuspannen und unsere bayrische Familie mal wieder zu sehen. Und du musst schon wieder Kommissar spielen. Das hat doch jetzt Zeit, oder Franz?"

„Ja natürlich, einen neuen Fall haben wir wirklich und da kommen wir momentan nicht richtig vorwärts. Aber Hans-Peter, das können wir später gerne bei einem Kaffee oder noch besser bei einem Deggendorfer Weißbier, das schmeckt dir doch immer so gut, besprechen."

„Mmmhh, wenn ich nur daran denke, dann ...." Er verdrehte die Augen und grinste genüsslich.

Wir hievten ihr Reisegepäck ins Auto und ich fuhr los.

Renate bemerkte: „Hat sich doch einiges getan, seitdem wir das letzte Mal da waren. Schau mal, Hans-Peter, so viel Ladesäulen. Das haben wir nicht." Damit deutete sie auf den Parkplatz vom Globus, auf dem wirklich jede Menge Ladesäulen installiert waren.

Und total baff waren sie, als sie unser neues Hochhaus sahen.

„Das gibt's doch gar nicht!" gab Hans-Peter überrascht von sich. „Ein richtiges Hochhaus bei euch in Deggendorf! Unglaublich. Wem fällt denn so etwas ein?"

„Tja, das können sich nur Leute mit etwas Bargeld leisten. Also es gehört einem örtlichen Bauunternehmer, der mit Immobilien und Grundstücken und einer eigenen Baufirma, die vor allem auf Abbrucharbeiten spezialisiert ist, sehr, sehr viel Geld gemacht hat. Und dann hat er sich eben einen Turm, ein Hochhaus gebaut. Was meint ihr, schaut doch nicht schlecht aus, oder?"

„Nein, nein, gar nicht", bemerkte Renate. „Ich finde, passt gut in die Stadt." Hans-Peter nickte zustimmend.

Ich parkte das Auto in unserer Tiefgarage und wir stiegen aus. So ein Zufall: Frau Frommherz kam gerade in dem Augenblick um die Ecke, mit einem Mülleimer auf dem Weg zum Müllhäusl.

„Ah, Franz, das ist ja ein Zufall", gab sie überrascht von sich. „Ich habe dich ja lange schon nicht mehr gesehen… Immer beschäftigt. Ah, du hast Besuch?"

„Hallo Christine, ja, meine Schwiegereltern sind überraschend angereist und ich habe sie gerade vom Bahnhof in Plattling abgeholt."

Ich stellte ihnen unsere Nachbarin vor und sie schüttelten sich die Hände. „Schön, sie kennenzulernen", begrüßte Christine die beiden.

„Moin, moin", erwiderte Hans-Peter und deutete auf mich. „Ja, ja, unser Franz. Immer so viel zu tun. Vielleicht können wir ihn ein bisschen unterstützen. Ich war nämlich früher auch bei der Polizei. Und da ist man doch froh um jede Hilfe."

„Da haben sie sicher recht", sagte Christine „Und ich hoffe, dass man sich mal auf ein Schwätzchen sieht." Sie verabschiedete sich und ging weiter in Richtung Müllhäusl.

„Nette Person, diese Christine", meinte Hans-Peter noch an mich gewandt. „Hatte ich bisher noch nicht kennengelernt."

„Na ja, so oft seid ihr auch nicht bei uns. Das letzte Mal ist schon über ein Jahr her, oder Renate?"

„Stimmt Franz. Doch jetzt hätte ich Lust auf eine schöne Tasse Kaffee, nach der langen Anreise. Hans-Peter, was hältst du davon?"

„Einverstanden. Gute Idee. Kommt und lasst uns das Gepäck noch schnell verräumen."

Wir nahmen das Gepäck aus dem Kofferraum und gingen zu unserer Eingangstüre, die von der Tiefgarage direkt in unser Haus führt.

Claudia war bereits zu Hause und hatte, in weiser Voraussicht, bereits Kaffee vorbereitet. Frauen denken halt einfach anders als wir Männer.

Es war eine sehr herzliche und freudige Begrüßung.

„Ich freue mich riesig, dass ihr endlich wieder mal bei uns seid, aber jetzt legt erst mal ab und dann gibt's frischen Kaffee", meinte sie einladend.

Ich brachte die beiden Koffer von Hans-Peter und Renate hoch ins ehemalige Kinderzimmer, das jetzt, da die Kinder außer Haus waren, als Gästezimmer diente. Nachdem ich auch noch den Rucksack von Hans-Peter hochgetragen hatte, legte ich mein Sakko ab und setzte mich an den gedeckten Kaffeetisch, an dem es sich der Rest der Bande schon genussvoll an Kaffee und Gebäck gut gehen ließ.

„Mmmmhh, wie das schon duftet", gab ich erwartend von mir. Claudia reichte mir eine bereits gefüllte Tasse Kaffee und fragte mich, was ich dazu möchte.

„Sind die Quarktaschen von der Bäckerei Gockel?"

„Na klar", erwiderte sie „ich weiß doch, wie gern du sie magst."

„Sind ja auch die Besten!"

Ich schnappte mir eine der Quarktaschen und wirklich, sie schmeckten wie immer, grandios.

„Franz, jetzt lass doch mal hören, was habt ihr denn momentan für einen interessanten Fall?" legte Hans-Peter neugierig und wissbegierig los.

„Jetzt lass ihn doch erst mal in Ruhe Kaffeetrinken", mischte sich Renate ein.

„Nein, nein, ist schon gut", meinte ich noch mit fast vollem Mund. „Was willst du denn hören, Hans-Peter?"

„Ich war doch, wie du weißt, bei der Polizei und so ganz kann man ja nicht raus aus seinem früheren Leben. Und daher möchte natürlich wissen, was momentan bei dir in der Mordkommission passiert, und möchte dich, oder euch, so gut wie möglich bei der Lösung unterstützen, natürlich nur, wenn ihr das wollt."

Und so berichtete ich ihm von unserem aktuellen Fall. Er war sehr interessiert und fragte immer wieder nach. Am meisten interessierte ihn die Nachricht, die der Mörder hinterlassen hatte.

„Was meint er denn mit Revier, oder Refier?" wollte er wissen.

„Tja, da haben wir auch schon überlegt, was das bedeuten soll. Wir sind noch nicht schlau daraus geworden", antwortete ich mit einem Schulterzucken. „Vielleicht denken wir einfach zu kompliziert. Vielleicht versteckt sich in dem Satz und dem Wort etwas ganz anderes, als wir momentan vermuten. Wir sind ja auch erst ganz am Anfang unserer Ermittlungen. Abgesehen davon, kam uns die Frau des Ermordeten komisch vor, so als ob ihr das gar nicht so unrecht war, dass …"

Da unterbrach mich Claudia empört. „Also Franz, jetzt aber. Ich kenne die Frau Thalhofer zufällig. Sie ist eine ganz nette und umgängliche Frau. Sie war ab und zu in unserer Turnstunde und da haben wir uns kennengelernt. Also, das kann ich mir beim besten Willen nicht vorstellen, dass sie so herzlos sein könnte.“

„Doch wir hatten beide, die Mina und ich, das Gefühl, dass sie uns da etwas vorspielte. Wenn man da nur ein bisschen weiter bohren könnte, warum das so ist.“

„Könnte ich da nicht ein bisschen mithelfen? Mich kennt sie ja nicht und ich traue mir zu, dass ich doch etwas aus ihr herausbringen kann.“

„Na ja, wenn du dir das zutraust? Wäre sicher besser, als wenn Frau Stöcklgruber nochmal bei ihr vorbeischaut. Uns gegenüber hat sie ihre Show abgezogen und ich denke, das würde sie genauso wieder machen. Renate, wärst du damit einverstanden, wenn Hans-Peter uns da hilft und sozusagen Undercover ermittelt?“

„Lieber Franz, du kennst doch deinen Schwiegervater. Wenn er sich etwas in den Kopf gesetzt hat, dann kannst du ihn nicht bremsen. Wenn er meint, er kann dir damit helfen, euren Fall voranzubringen, dann soll er das doch machen.“

„Na gut, dann brauchen wir eine Möglichkeit, wo du ihr Vertrauen gewinnen kannst. Am besten wäre, wenn wir wüssten, wo sie sich in ihrer Freizeit bewegt. Claudia, hättest du eine Idee, wo wir sie treffen könnten?“

„Wenn ich so überlege, hat sie mich mal gefragt, ob ich nicht Lust hätte, mit ihr zum Schwimmen ins Elypso zu gehen. Der Termin, ich denke, es war Freitagvormittag um 10:00 Uhr ging bei mir nicht, da ich zu der Zeit Unterricht habe. Aber sonst hätte mir das schon gepasst. Schwimmen macht Spaß und ist gut für die Kondition. Täte dir auch gut, mein lieber Gatte." Sie lächelte und natürlich hatte sie recht. Mein körperlicher Zustand war wirklich nicht der Beste. Das wusste ich und ich wollte ja auch etwas dafür unternehmen. Es kam halt immer etwas dazwischen.....

"Hans-Peter, das wäre übermorgen. Ich denke, das wäre ideal. Bin gespannt, ob das so funktioniert, wie du dir das vorstellst. Wenn du es schaffst, dann wäre das für unsere Ermittlungen von großem Vorteil. Natürlich darf ich das nicht an die große Glocke hängen, denn du bist ja nicht offiziell in den Ermittlungen eingebunden. Doch irgendwie kann ich das schon vertreten und verwenden. Ich werde dich noch entsprechend vorbereiten, damit du auch die Frau Thalhofer erkennst und ihr die richtigen Fragen stellst, damit sich dein Einsatz auch lohnt."

"Ja, alles klar. Als Kieler Sprotte gehe ich sehr gerne zum Schwimmen, auch wenn es nur ein Hallenbad ist. Wasser ist Wasser. Also passt mir perfekt. Renate, hast du mir übrigens meine Badehose eingepackt?"

Bevor sie antworten konnte, musste sie erst noch den Bissen runterschlucken. Auch ihr schmeckte die Quarktasche anscheinend sehr gut. "Nein, habe ich nicht. Wer denkt denn daran, dass wir in Deggendorf zum Schwimmen gehen? Ich denke, der Franz kann dir da schon aushelfen, oder?"

„Ja natürlich gerne", antwortete ich amüsant.

Wir waren inzwischen fertig mit dem Kaffeetrinken und Claudia räumte den Tisch ab.

„Claudia, was gibt es denn zum Abendessen, oder gehen wir weg?" wollte ich von ihr wissen.

„Ich hätte gedacht, wir gehen heute zum Otto, wenn ihr wollt."

„Oh sehr gute Idee", kam mir Hans-Peter zuvor. „Der Otto war immer sehr gut und hat er inzwischen auch das Deggendorfer Weißbier?"

„Ja, natürlich", antwortete ich. „Es gibt ja das Weißbier noch nicht so lange und er hat es sofort auf der Karte gehabt. Also ausgemacht, wir gehen zum Otto. Passt es dir auch, liebe Renate?"

„Ja klar, ich liebe seine Currywurst. Und ich hoffe, dass wir noch einen schönen Platz im Biergarten bekommen, so wie im letzten Jahr. Kann man denn bei ihm einen Platz reservieren?"

„Leider nein", mischte sich Claudia mit ein. „Deshalb sollte wir auch bald aufbrechen. Bei so einem Wetter, wie zurzeit, ist der Garten immer gut besucht. Wollt ihr euch noch umziehen?" wandte sie sich an Renate.

„Ja, gerne. Wir haben ja noch unsere Reiseklamotten an. Ich würde gerne etwas luftigeres anziehen. Und du Hans-Peter eine kurze Hose?"

„Ja, wenn es euch nicht stört."

„Warum sollte uns das stören? Überhaupt nicht. Mach es dir nur so bequem, wie es dir passt", bemerkte ich.

„Ich zieh mir auch noch schnell etwas legereres an", wandte ich mich an Claudia und machte mich auf den Weg ins Schlafzimmer.

Da meldete sich mein Handy. Eine unbekannte Nummer

,doch ich nahm den Anruf an und es meldete sich Herr Stöckl von der Forstverwaltung.

„Ah Herr Stöckl, schön dass sie so schnell zurückrufen. Ich bin der zuständige Ermittler in dem Mord im Ruselwald, Kommissar Breslmaier von der Polizeidirektion aus Deggendorf. Sie haben doch sicher schon von dem Mord gehört, oder?"

„Ja, habe ich und das Ganze erscheint mir schon sehr komisch. Ein Mord bei uns im Wald! Und was möchten sie jetzt von mir wissen? Wie kann ich ihnen da weiterhelfen?"

„Sie wissen doch bestimmt, wer das Gebiet, in dem die Leiche gefunden wurde, bejagt. Gibt es dort mehrere aktive Jäger? Das wäre für uns sehr wichtig, da der Mörder uns eine Botschaft hinterlassen hat, die wir noch nicht zuordnen konnten und die vielleicht mit den dortigen Jägern zu tun haben könnte."

„Moment Herr Kommissar, ich schau mal schnell im PC nach, damit ich ihnen die genauen Daten geben kann."

Es dauerte eine Weile, bis er sich wieder meldete: „Also das ist der Lehner Kurt und der Kramer Heinz. Brauchen sie vielleicht die Handynummern von ihnen? Unterliegt zwar normalerweise dem Datenschutz. Doch ich denke, das ist jetzt ein Ausnahmefall, oder? Also kann ich ihnen gerne geben. Per E-Mail?"

„Ja, wäre super. Bitte per E-Mail." Ich gab ihm meine E-Mail-Adresse, bedankte und verabschiedete mich. Ich zog mir nur noch schnell bequeme Kleidung an und ging zurück ins Esszimmer.

„Hat doch ein bisschen länger gedauert. Ich hatte noch ein wichtiges Gespräch zu unserem aktuellen Fall. Aber jetzt können wir loslegen." Sie waren inzwischen alle luftig und bequem eingekleidet. „Na dann, auf geht's. Der Otto wartet", gab ich das Kommando zum Aufbruch.

Während der Fahrt drehte sich Hans-Peter zu mir um und meinte „Sag mal, Franz, kannst du denn, während der Ermittlung zu eurem momentanen Fall, so einfach frei nehmen? Ich hätte das damals bei uns nicht gekonnt."

„Ja Hans-Peter, da hast du sicher recht. Doch ich habe eine so großartige Kollegin, die mich perfekt vertritt und wir haben vorher noch genau festgelegt, was jetzt zu tun ist. Sie macht Termine zu Befragungen und koordiniert die kommenden Aktionen. Ach, ich könnte sie ja schnell mal anrufen, um nachzufragen, wie es ihr geht und was es Neues gibt." Damit gab ich über die Freisprecheinrichtung ihren Namen ein und kaum war die Verbindung hergestellt, als ich auch schon ihre Stimme hörte.

„Hallo Franz, schön dich zu hören. Was willst du wissen?"

„Hallo Mina. Wie geht es vorwärts? Alles in Ordnung? Was gibt es Neues?"

„Also die Schauflinger Feuerwehr hat mit ihrer Drohne den Standort von Herrn Thalhofers Auto gefunden. Sie haben mir die GPS-Daten gemailt und ich fahre jetzt gleich mit einem Kollegen hoch auf die Rusel, um das Auto zu holen. Den Autoschlüssel habe ich ja, er liegt auf deinem Schreibtisch. Herr Pöslinger, der IT-Techniker, kommt morgen um 10:00 Uhr wegen der KI. Die anderen Termine habe ich im PC abgelegt. Können wir morgen abarbeiten. Hast du deine Schwiegereltern rechtzeitig abgeholt? Hat alles funktioniert?"

„Na klar, wir sind jetzt gerade auf dem Weg zum Otto in den Biergarten. Wenn du Lust hast, kannst du noch gerne nachkommen. Wir sind bestimmt länger dort."

„Mal sehen, wie es mir zeitlich ausgeht. Auf jeden Fall wünsche ich euch einen guten Appetit. Bis dann."

Ich verabschiedete mich von ihr und beendete das Telefonat. Ich bog in den Parkplatz am Finanzamt ein, wo zum Glück noch einige Plätze frei waren.

Beim Otto war schon viel Betrieb, obwohl es noch relativ früh war. Doch wir hatten Glück und ergatterten noch einen Vierertisch im hinteren Bereich. Ich konnte auch einige Bekannte erkennen, die ich mit einem freundlichen Kopfnicken grüßte.

Wir hatten uns kaum hingesetzt, als auch schon Michi, der Sohn vom Otto, kam, um die Bestellung aufzunehmen.

Wir bestellten dreimal ´Currywurst mit Pommes`, für Claudia ´Rigatoni alla Mama`, für die Herren ein Deggendorfer Weißbier und für die Damen eine Weißweinschorle.

„Schön ist es hier“, bemerkte Renate, „ein wirklich echter bayrischer Biergarten, so wie man sich den bei uns vorstellt. Das Wetter ist auch noch traumhaft, obwohl es ja schon September, also eigentlich Herbst, ist. Haben unsere zwei Enkelkinder jetzt nicht auch Semesterferien? Sind sie unterwegs?“

„Nein“, antwortete Claudia, „die sind noch in Augsburg und Regensburg und ich habe auch schon mit ihnen telefoniert. Sie kommen am Freitag, also übermorgen, und freuen sich schon, euch wieder zu sehen.“

„Na, das ist ja toll. Da bin ich gespannt, was sie uns alles zu berichten haben. Wie lange ist es her, dass wir sie nicht mehr gesehen haben, in natura?“

„Ich denke, so etwa eineinhalb Jahre müssten es sein. Das letzte Mal war an meinem fünfundvierzigsten Geburtstag. Da haben wir doch im Nest beim Waldverein gefeiert. War sehr schön."

„Ja, das war es wirklich. Sehr intim und das frische Bauernbrot! Ein Traum. Kann man das eigentlich irgendwo kaufen?"

„Nein, leider nicht. Das Brot vom Düllhof ist mindestens gleichwertig. Können wir gerne am Samstag holen."

„Ah, super. Freu mich schon darauf. Gibt es momentan Pilze bei euch?"

Jetzt mischte ich mich mit ein: „Ja, liebe Renate, wir können gerne die Tage zum Suchen gehen. Mein momentaner Fall hängt ja irgendwie mit Pilzen zusammen."

Michi kam mit den bestellten Getränken. Wir prosteten uns zu und genossen den ersten Schluck.

„Wie hängt das mit deinem aktuellen Fall zusammen?" wollte Renate wissen.

„Na ja, der Tote, den man auf der Rusel gefunden hat, war anscheinend unterwegs beim Schwammerl, ah … beim Pilze suchen und irgendwie spielen sie eine wichtige Rolle in dem Fall. Wie, das wissen wir bisher noch nicht. Aber wir sind dran."

Jetzt kam Michi mit den bestellten Gerichten. Wir schauten alle erwartungsvoll auf die vollen Teller.

„Lasst es euch schmecken", wünschte ich in die Runde, „guten Appetit."

"Dat smeckt goot!" bemerkte Hans-Peter nach dem ersten Bissen, „so eine Currywurst gibt es halt nur hier beim Otto, und auch die Pommes schauen resch und knusprig aus. Ich habe gar nicht bemerkt, dass ich so einen Hunger habe. Keen Besser vörti!"

„Was heißt denn nun das? Ich verstehe ja viel, doch Plattdeutsch ist nicht unbedingt meine Zweitsprache. Kannst du mich mal aufklären?"

„Ich wollte nur sagen, dass sich nichts Besseres findet."

„Ah ja, wieder etwas gelernt und recht hast du auch noch. Aber jetzt lasst es euch schmecken."

Und das taten sie. Es wurde ruhig an unserem Tisch und nur die Umgebungsgeräusche waren zu hören. Jeder genoss sein Essen.

„Mensch, war das lecker", sagte Hans-Peter und schob seinen leeren Teller von sich. „Wir im hohen Norden Deutschlands trinken nach dem Essen immer einen Kurzen. Gibt es bei euch nicht so einen speziellen Schnaps, den Bärenschnurzel oder wie heißt der?"

„Du meinst bestimmt den Bärwurz", korrigierte ich ihn grinsend. „Hast du ihn denn schon mal probiert?"

„Ja klar, und nicht nur eenen. War zwar am Anfang etwas ungewohnt, doch nach Dreien hat er mir super geschmeckt."

„Na dann bestell ich mal für uns zwei. Wollen die Damen auch einen kleinen Verdauungsschnaps?"

Beide lehnten entrüstet ab.

Michi kam, um die Teller abzuräumen und so orderte ich zwei Bärwurz für uns Männer.

Was für ein schöner Abend. Jetzt gingen auch die Lichter im Biergarten an und auf den Tischen wurden Kerzen entzündet. Wir unterhielten uns über die Kinder, den schönen Sommer, Urlaubserlebnisse und und und …

Da klopfte mir unerwartet jemand auf die Schulter: Frau Stöcklgruber hatte es doch noch geschafft. Was für eine nette Überraschung. Ich stellte sie meinen Schwiegereltern vor und Claudia und sie gaben sich einen Begrüßungskuss.

Ich holte vom Nebentisch einen freien Stuhl und Mina setzte sich zu uns in die Runde.

„Was willst du zum Trinken?" fragte ich sie.

„Bitte auch eine Weißweinschorle."

„Magst du auch etwas zum Essen?"

„Nein danke, ich muss doch auf meine Linie achten", klärte sie uns auf.

„Welche Linie?" wollte ich noch wissen „du bist doch eh nur ein Strich in der Landschaft. Da müsste eher ich darauf achten, oder Claudia?"

„Absolut", entgegnete Claudia. „Ich versuche alles, um sein Bäuchlein einzugrenzen. Irgendwie sind Leberkässemmel und Weißbier doch stärker als mein Willen. Radfahren statt Auto? Ja, es könnte doch regnen oder ein überraschendes Unwetter geben. Zu Fuß gehen oder Auto? Ja schon, doch wenn jemand mich dringend braucht? Weißbier oder Wasser? Wasser ist doch langweilig, das schmeckt doch nach nichts. Schweinsbraten oder Salat mit raffinierter Beilage? Natürlich Schweinsbraten, Salat ist doch eher was für Tiere, oder? Also muss ich immer wieder Niederlagen hinnehmen. Ich kenne den Franz doch inzwischen über 20 Jahre lang und da kennt man seine Schwächen, aber auch seine Stärken und die überwiegen bei weitem. Stimmt doch Mina, oder?"

„Ja klar, Claudia. Ich kenne den Franz jetzt auch schon über zehn Jahre und arbeite gerne mit ihm zusammen. Ich könnte mir keinen besseren Partner vorstellen. Und was haben wir beide schon alles zusammen erlebt. Da könnte man ein Buch darüber schreiben, wirklich."

„Gute Idee, Mina", bekräftigte ich sie „, wenn ich älter und in der Rente bin, und Zeit habe, dann könnte man darüber nachdenken. Momentan habe ich den Kopf noch ganz wo anders."

„Du und Bücher schreiben", mischte sich jetzt Claudia mit ein „das werden dann Bücher mit Hinweisen, was man wo am besten Essen kann, oder?" Damit erzeugte sie allgemeines Gelächter, was ich so gar nicht verstehen konnte.

Michi unterbrach unsere heitere Runde und servierte uns den Bärwurz in angereisten Gläsern. Ich bestellte bei ihm die Weißweinschorle für Mina und noch zwei Weißbier für Hans-Peter und mich.

„Na dann, Prost", meinte Hans-Peter und kippte den Bärwurz mit einem Schluck hinunter.

„Brrrr, blots, Kinners, blots!" gab er überrascht von sich. „Konnte mich nicht mehr erinnern, wie der damals geschmeckt hat. Das ist ja ein Teufelszeug. Trinkt ihr den öfters?" wollte er von mir wissen.

„Nein, Hans-Peter, nur zu besonderen Anlässen, wenn zum Beispiel die Schwiegereltern zu Besuch kommen."

Damit hatte ich den Nagel auf den Kopf getroffen und wir mussten alle lachen.

„Aber jetzt würde ich die Frau Stöcklgruber noch gerne etwas Geschäftliches fragen. Ist das für euch in Ordnung?" wollte ich von den Dreien wissen.

Sie hatten nichts dagegen und so wandte ich mich an Mina und fragte sie nach dem Stand der Dinge.

„Das mit dem Auto habe ich dir ja bereits gesagt, dass wir es geholt haben. Ich habe auch nichts Besonderes im Auto gefunden. Alles ganz normal. Frau Doktor Krankl hat ihren Untersuchungsbericht bereits geschickt. Habe ich dir ausgedruckt, liegt auf deinem Schreibtisch. Außerdem habe ich den Termin für die Pressekonferenz auf morgen 15:00 Uhr, in Absprache mit Staatsanwalt

Doktor Hofer, festgelegt. Frau Unholzer richtet den Raum morgen entsprechend her und ist mit anwesend. Sie lädt auch die interessierten Besucher ein und besorgt die benötigen Unterlagen. Also alles paletti. Herr Pöslinger kommt um 10:00 Uhr vorbei. Herrn Ziegenheimer, den Karl, habe ich für 11:00 Uhr einbestellt. Es sind doch noch einige Punkte unklar, wo wir ihn gut gebrauchen können und seine Fachkenntnis nutzen sollten. Also sind wir morgen ganz schön durchgetaktet.“

„Auf jeden Fall sollten wir uns vorher nochmal einen Überblick verschaffen, was wir inzwischen wissen und wie wir es nutzen können. Der Forstverwalter aus Bodenmais hat sich noch bei mir gemeldet und mir die Telefonnummern der Jäger gegeben, die in dem Gebiet jagen. Hast du übrigens mitbekommen, dass mein Schwiegervater Undercover ermitteln will?“

„Nein, wie das? Und was und gegen wen will er denn ermitteln?“

„Wir hatten doch festgestellt, dass Frau Thalhofer nicht ganz die Wahrheit gesagt oder uns etwas vorgespielt hat. Und hier setzen wir an. Hans-Peter versucht sich das Vertrauen von Fau Thalhofer zu erschleichen und dann etwas über ihren verstorbenen Mann herauszubekommen.“

„Und wie will er das machen?“

„Sie ist jeden Freitagvormittag im Elypso zum Schwimmen. Das weiß ich von Claudia. Wir wissen natürlich nicht, ob wir sie auch am Freitag dort treffen. Aber ein Versuch ist es wert, oder?"

„Ja, na klar. Bin gespannt, ob, wenn es funktioniert, er uns neue Erkenntnisse bringt."

„Ich finde es auf jeden Fall interessant und er will es durchziehen. Du kennst ihn nicht. Wenn er sich etwas vorgenommen hat, dann zieht er das auch durch. Ein echter Dickkopf, ein echter Wikinger."

„Ah, daher weht der Wind", meinte sie lachend.

Wir hatten noch einen lustigen und unterhaltsamen Abend und amüsierten uns köstlich. Die Chemie stimmte einfach. Es wurde spät und einige Biere sowie zwei weitere Bärwurzschnäpse fanden ihre Abnehmer, bis wir endlich aufbrachen.

Claudia chauffierte uns sicher nach Hause und, nachdem sich die Damen bereits verabschiedet hatten, gab es mit Hans-Peter noch einen Absacker.

Was für ein schöner Abend und eine echte Ablenkung von den aktuellen Problemen und den damit verbundenen Gedanken.

2 - NEUE ERKENNTNISSE MIT NEUER TECHNIK

„Niemals in der Welt hört Hass durch Hass auf,
Hass hört durch die Liebe auf"
(Buddha)

Claudia hatte bereits das Frühstück gemacht und der Duft von frischem Kaffee wehte durch das Haus. Hans-Peter saß schon am Frühstückstisch und ließ sich die erste Tasse schmecken. Mein Tee stand auch schon am Tisch bereit und ich genoss die erste Tasse.

„Bin ja gespannt, was der Tag heute Neues bringt", wandte ich mich an meinen Schwiegervater. „Was habt ihr denn heute geplant?"

„Na ja, mein großer Einsatz ist ja erst morgen angesagt. Heute wollen wir mit Claudia, wenn sie von der Schule zurück ist, zum Pilze sammeln gehen. Meine Frau und ich sind zwar keine Spezialisten, doch meine Tochter hat mir erzählt, dass sie doch einiges von dir gelernt hat und sich inzwischen ganz gut auskennt. Und für heute Abend hat sie uns ein Pilzgericht versprochen. Na, ich bin ja gespannt."

In Gedanken ging ich die Treppe hoch in Richtung unseres Büros als mich Herr Doktor Hofer, unser Staatsanwalt, mit schnellen und sportlichen Schritten überholte.

"Guten Morgen Herr Kommissar, alles OK? Ich rechne heute mit neuen Erkenntnissen zu ihrem aktuellen Fall." Gab er noch von sich und schon war er vorbei.

Ich schüttelte nur den Kopf und öffnete die Türe zu unserem Büro.

Frau Stöcklgruber saß bereits an ihrem Schreibtisch und begrüßte mich fröhlich. ´Was hat die nur immer eine gute Laune, schon so früh am Morgen. Unglaublich. `

„Guten Morgen Frau Stöcklgruber. Auf mich müssen sie heute ein bisschen Rücksicht nehmen. Diese Ostfriesen vertragen einfach erheblich mehr als wir Niederbayern. Ich kann es einfach nicht glauben, dass mein Schwiegervater mich so fertig machen kann. Und das war ja nicht das erste Mal!"

„Ja, ja, er verträgt halt einfach mehr als du …. jetzt zu unserem Fall. Ich habe dir das Ergebnis von Frau Doktor Krankl auf deinen Schreibtisch gelegt." Sie deutete auf einen Briefumschlag neben mir.

„Ah ja, danke, werde ich mir gleich mal anschauen. Ich hoffe die Rechtsmedizin hat neue Erkenntnisse für uns."

Ich öffnete den Umschlag und begann zu lesen. Frau Krankl ging sehr gewissenhaft vor, was ich von ihr gewohnt war. Sie beschrieb den Zustand der Leiche, die inneren Organe und kam letztendlich zum für mich interessantesten Punkt: die mögliche Tatwaffe, beziehungsweise die Wunde an der Schläfe, die, nach Frau Doktor Krankl, zum Tod geführt hatte. Als Tatwaffe geht sie von einem großen Stein aus, da sie kleine Partikel davon in der Wunde gefunden hatte. Mehrere starke Schläge aus nächster Nähe an die Schläfe hatten Herrn Thalhofer zunächst betäubt und bewusstlos gemacht und ihm dann das Leben gekostet. Der Schädel war an dieser Stelle stark deformiert, was wir vor Ort nicht so bemerkt hatten, da seine Haare darüber drapiert waren. Seine rechte Schulter hatte er sich gebrochen, aber das wussten wir ja schon. Nur komisch, dass die Spusi die Tatwaffe, also den Stein, nicht gefunden hat. Zu der Zeit wussten sie ja noch nicht, nach was sie suchen sollten. Vielleicht schau ich mich nochmal vor Ort um. Kann nicht schaden.

Ich fuhr meinen PC hoch und schaute auf meine neu eingetroffenen Mitteilungen. In erster Linie interessierte mich die E-Mail von Herrn Stöckl, dem Forstwart. Und richtig, er hatte mir die Telefonnummern der beiden Jäger gemailt. Sehr schön.

Ich griff sofort zum Telefon und wählte die erste Nummer: Kurt Lehner, Festnetzanschluss.

„Lehner, was kann ich für sie tun?" begrüßte mich eine sympathische Stimme.

„Herr Lehner, ich bin Kommissar Breslmaier aus Deggendorf. Herr Stöckl hat mir freundlicherweise ihre Nummer gegeben. Ich hätte ein Paar Fragen an sie bezüglich der gefundenen Leiche in ihrem Wald. Sie haben doch bestimmt schon davon gehört?"

„Ja, habe ich. Aber wie kann ich ihnen helfen?"

„Herr Lehner, sie sind doch der Jagdpächter von dem Gebiet und ich gehe davon aus, dass sie des Öfteren dort auch unterwegs sind."

„Ja, natürlich. Ich muss ja auch immer nach dem Rechten schauen. Ich habe auch eine Verantwortung übernommen. Was hat das mit dem Mord zu tun?"

„Na ja, sie wissen sicher auch in etwa, welche Leute zum Schwammerlsuchen in ihrem Wald unterwegs sind?"

„Wissen ist vielleicht etwas übertrieben. Ein paar kenne ich schon. Sind meistens die gleichen, die dort suchen. Ach übrigens, wer ist denn der Tote? Ich weiß ja noch nicht einmal seinen Namen."

„Es ist der Herr Artur Thalhofer aus Deggendorf. Kennen sie ihn?"

„Ohh, der Artur. Ist er nicht im Deggendorfer Stadtrat, bei den Grünen? Mit dem hatte ich immer wieder mal zu tun, vor allem wegen dem Golfplatz-Ausbau. Der wollte den partout verhindern."

„Und sie?"

„Mei, mir ist des eigentlich egal, sofern sie mir nicht meine Tiere verstören. Aufhalten kann man so etwas ja doch nicht. Also lieber damit arrangieren, wenn sie verstehen, was ich meine."

„Da muss ich ihnen absolut Recht geben. Sich dagegen aufzulehnen, kostet nur Nerven und Energie und die sollte man doch wirklich gewinnbringender einsetzen als bei so einem Vorhaben. Was ich von ihnen noch wissen wollte: können sie mir vielleicht jemand nennen, der sich des Öfteren bei ihnen im Wald, also in ihrem Revier, aufgehalten hat? In erster Linie zum Schwammerlsuchen?"

„Na ja, da fallen mir schon ein paar Leute ein. Leider kenne ich die nur Gesichtsweise. Sind meistens schon ältere Männer, vermutlich schon Pensionisten. Frauen sieht man da eigentlich sehr selten."

„Meinen sie, dass mir ihr Kollege, der Herr Kramer, da noch etwas helfen könnte, oder mir einen Tipp geben könnte?"

„Nein, glaube ich eigentlich nicht. Der ist noch weniger im Wald als ich. Aber sie können ihn gerne mal fragen. Man weiß ja nie."

„Ja danke, werde ich machen und vielen Dank für ihre Auskunft, auch wenn sie mir nicht direkt weiterhelfen konnten."

Wir verabschiedeten uns voneinander und ich legte den Hörer auf.

„Und?" wollte Frau Stöcklgruber von mir wissen.

„Leider keine Hilfe. Ich hätte gedacht, dass er uns vielleicht einen Namen geben könnte von den Schwammerlsuchern. Leider ´niente`. Schade. Jetzt versuche ich noch seinen Kollegen. Er hat mir schon vorab mitgeteilt, dass der noch weniger im Wald unterwegs ist als er selbst und deshalb kaum etwas Neues für uns haben würde. Ein Versuch ist es schon wert. Wann kommt eigentlich der IT-Mann? Wie hieß er doch gleich wieder?"

„Der Herr Pöslinger, hat sich für zehn Uhr angemeldet. Jetzt ist es Dreiviertel Zehn, also kannst du noch gerne mit ihm telefonieren."

Ich schnappte mir den Hörer und wählte die Nummer, die Herr Stöckl mir mitgeteilt hatte. Leider hatte ich, wie mir Herr Lehner schon vorausgesagt hatte, keinen Erfolg. Auch Herr Kramer, der zweite Revierförster, konnte mir keinen weiteren Hinweis geben. Es war ein ganz nettes Gespräch und er war, im Gegensatz zu seinem Kollegen, mit der Erweiterung des Golfplatzes gar nicht einverstanden. Auch er kannte Herrn Thalhofer und beschrieb ihn als engagierten und rastlosen Kämpfer für die Natur und gegen den Klimawandel.

Da klopfte es an der Türe und Frau Unholzer öffnete sie, doch nur einen Spalt breit und meldete uns, dass Herr Pöslinger zu uns wollte und ob das in Ordnung wäre.

„Na klar", erwiderte ich. „Lassen sie ihn rein."

„Ah, Herr Pöslinger", begrüßte ich den IT-ler, der etwa Mitte 30 Jahre alt war. Er hatte braunes, schütteres Haar, dichter, dunkler Bart, wache, aufmerksame Augen und einen verschmitzten Blick. Das auffälligste an ihm war seine Größe: ich tippte auf knapp zwei Meter.

Als er Frau Stöcklgruber begrüßte, musste er sich sogar etwas nach unten beugen, um ihre Hand schütteln zu können.

Ich wandte mich an ihn: „Schön, dass sie sich für uns Zeit genommen haben. Wir haben ein aktuelles Problem bei unserem jetzigen Fall und da hoffen wir, dass sie uns etwas Licht ins Dunkel bringen können, wenn sie verstehen, was ich meine. Übrigens, das ist meine Kollegin, Kommissarin Stöcklgruber und ich bin Kommissar Breslmaier."

„Oh Herr Kommissar, ich habe schon so einiges von ihnen gehört und gelesen. Sie sind ja sehr erfolgreich unterwegs. Aber nun zu wichtigerem: wie kann ich ihnen helfen?"

Ich beschrieb ihm ausführlich, soweit es zulässig war und rechtlich vertretbar war, den Mord an Herrn Thalhofer, ohne die Namen oder relevante Daten zu nennen.

Frau Stöcklgruber kam mit ihrem Stuhl an meinen Schreibtisch und ich holte für Herrn Pöslinger noch einen Hocker, der bei uns im Eck zur besonderen Verwendung stand. Wir setzten uns alle an meinen Tisch.

Dann kam ich auf den für uns so wichtigen Satz zu sprechen.

„Herr Pöslinger, könnten sie mit Hilfe der KI, von der man ja immer wieder Wunderdinge hört, diesen Satz vielleicht für uns verständlich machen, oder auch vereinfachen? Wir können uns momentan keinen Reim darauf machen. Warum hat er Revier falsch geschrieben? Absichtlich? Und wenn ja, wo führt uns das hin? Will er uns in die Irre führen? So viel Fragen und da hoffen wir auf sie."

Herr Pöslinger kratzte sich am Ohr und meinte: „Ja, ich kann es gerne versuchen. Ob die KI eine Lösung oder eine brauchbare Spur wiedergeben kann, weiß ich natürlich nicht. Wir können sie gerne mal mit dem Satz von ihnen konfrontieren. Ich habe mein IPad mit dem entsprechenden Programm mit dabei. Legen wir los."

Er holte sein IPad aus dem kleinen Rucksack, den er umgehängt hatte, klappte es auf und startete das Programm.

„Das Programm, beziehungsweise die App, die ich verwende, nennt sich ChatGPT. Hat sich in der Zwischenzeit sehr gut und erfolgreich am Markt etabliert. Es gibt auch andere, die sehr gut funktionieren", erklärte er uns. „So, jetzt tippe ich folgendes ein: ´ein Mörder hat folgenden Satz am Tatort hinterlassen: das ist mein refier. Was will er uns damit sagen? Warum ist revier falsch geschrieben? ´"

Gespannt schauten wir ihm bei der Eingabe zu. „Jetzt schauen wir mal, was sie uns antwortet."

Antwort von KI:

Falsch geschriebene Wörter können absichtlich eingesetzt werden, um Verwirrung zu stiften oder einen Hinweis zu geben. In deinem Fall könnte "refier" anstelle von "Revier" auf etwas Spezifisches hinweisen. Möglicherweise möchte der Mörder die Ermittler auf eine falsche Fährte führen oder eine versteckte Botschaft hinterlassen. Der Bezug zu "reifer" könnte andeuten, dass der Täter sich selbst als fortgeschrittener oder überlegener sieht. Wie könnte diese Mehrdeutigkeit in die Psyche des Mörders passen und den Verlauf der Ermittlungen beeinflussen?

„Hey, das ist ja großartig, was die uns hier mitteilt", bemerkte Frau Stöcklgruber überrascht. „Kann sie noch weiter und tiefer eintauchen? Mich würde interessieren, ob das Wort refier noch mehr Bedeutung haben könnte."

„Alles klar, ich versuche es."

Herr Pöslinger tippte daraufhin noch folgenden Wortlaut ein:

´Kann das Wort refier noch mehr bedeuten? Eventuell auch rückwärts? `

Antwort von KI:

Neben "reifer" könnte "refier" auch auf andere Hinweise oder Anagramme deuten. Es ist faszinierend, wie man durch Rückwärtslesen oder Umstellen der Buchstaben neue Bedeutungen entdecken kann. Vielleicht gibt es eine Verbindung zu einem anderen Begriff oder Namen, der im Kontext relevant ist.

„Und, hilft es ihnen weiter?" wollte Herr Pöslinger wissen.

„Ja, unglaublich", bemerkte ich „an das haben wir wirklich noch nicht gedacht, dass das Wort Refier rückwärts eine Bedeutung haben könnte. Das sollten wir natürlich bedenken, wenn wir weiter ermitteln."

„Ich werde die KI jetzt noch fragen, ob sie in oder um Deggendorf mit dem Namen Reifer etwas anfangen kann."

Herr Pöslinger tippte folgendes ein: Gibt es in oder um Deggendorf jemand mit Namen Reifer?

Es scheint, dass der Nachname "Reifer" in Deggendorf und anderen deutschsprachigen Ländern nicht ungewöhnlich ist.

Der Name könnte historische Bedeutung haben und auf Personen hinweisen, die als "reife" oder weise angesehen wurden.

Vielleicht könntest du in lokalen Archiven oder Melderegister nach weiteren Informationen suchen, um herauszufinden, ob es jemanden mit diesem Namen in Deggendorf gibt, der in den Fall verwickelt sein könnte.

„Vielen Dank Herr Pöslinger, sie haben uns sehr weitergeholfen. Ich denke, wir haben jetzt neue Gesichtspunkte, die uns bisher nicht klar waren. Stimmts, Mina?"

Frau Stöcklgruber pflichtete mir bei und auch sie bedankte sich herzlich bei Herrn Pöslinger. 'Es ist schon echt verblüffend, was uns die KI hier mitgeteilt hat, und wir werden sie sicher weiterverwenden. Das Problem wird nur sein, dass wir bei uns in der Polizeiinspektion diese App nicht verwenden dürfen. Wer kann uns verbieten, wenn wir sie in unserer Freizeit zuhause abrufen? Sollte ich unbedingt mit Frau Stöcklgruber diskutieren. Ich muss mir nur noch den Namen der App aufschreiben, damit ich sie auch nutzen kann. ` Herr Pöslinger schrieb mir, auf meine Bitte hin, den Namen der App in meinen Notizblock.

Er stand auf, packte sein IPad wieder in seinen Rucksack und verabschiedete sich von uns mit der Bitte, ihn doch zu informieren, wenn sich in unserem Fall etwas Neues ergeben sollte, was auf seinen Einsatz zurückzuführen wäre.

Natürlich waren wir damit einverstanden und versprachen ihm, das gerne zu tun.

Ich setzte mich an meinen Schreibtisch und googelte den Namen Reifer und Deggendorf. Was für eine Überraschung: es gab eine Firma Hartmut Reifer in Fischerdorf. Eine Metallbaufirma.

„Mina, es gibt in Fischerdorf eine Metallbaufirma mit dem Namen Hartmut Reifer in der Donaustrasse 34. Wenn uns der Mörder einen Hinweis geben wollte, dann sollten wir jeder möglichen Verbindung nachgehen. Lass uns mal nach Fischerdorf zur Firma Reifer fahren und vielleicht haben wir Glück und finden einen Zusammenhang mit unserem Fall."

„Na dann nichts wie los", sagte Mina. „Es kann natürlich auch ein Schuss in den Ofen sein. Aber wir sind ja froh, wenn wir überhaupt einen möglichen Hinweis bekommen." Sie schlüpfte in ihr Sakko. Ich beeilte mich und lief hinter ihr her die Treppen abwärts.

Die Fahrt nach Fischerdorf verlief problemlos und so kamen wir schnell voran. Ich kannte mich gut in Fischerdorf aus und so brauchte ich kein Navi, um die Adresse zu finden. Die Firma war in einer kleinen, unscheinbaren, ebenerdigen Halle untergebracht, an die ein größeres Haus angebaut war. Vor der Halle waren mehrere Parkplätze, die gut belegt waren. Ich fand noch einen und parkte das Auto. Wir gingen in Richtung der Halle zum Haupteingang. Ich klingelte und eine weibliche Stimme meldete sich über die Gegensprechanlage. Ich stellte uns vor und es wurde uns umgehend geöffnet.

Eine gutaussehende, symphytische Dame, ich schätzte sie auf Anfang, Mitte vierzig, schlanke, sportliche Figur und ein freundliches Gesicht, nahm uns in Empfang und erkundigte sich, was uns zu ihnen führte, wie sie uns helfen könnte.

„Ich bin Kommissar Breslmaier und das ist meine Kollegin Frau Stöcklgruber. Wir sind vom Morddezernat aus Deggendorf und ermitteln in einem Mordfall, in dem ihre Firma eine Rolle spielen könnte. Wie die Zusammenhänge sind, wissen wir noch nicht genau. Aber ich hoffe, wir kommen in unserem Fall weiter. Mit wem können wir uns unterhalten? Am besten wäre es natürlich, wenn wir mit ihrem Chef selbst reden könnten. Ist er im Haus?"

„Ja, er ist da. Ich versuche ihn zu erreichen. Einen Moment bitte."

Sie nahm den Telefonhörer, tippte eine Nummer ein, kündigte uns an und erklärte kurz, warum wir hier waren. Offensichtlich war der Angerufene einverstanden und so legte sie den Hörer auf und kam zu uns.

„Herr Reifer erwartet sie. Darf ich sie zu ihm bringen?"

„Ja, gerne." Wir folgten ihr und gingen einen Gang entlang, an dem mehrere Büros untergebracht waren. Wir hielten vor einer Türe an, an der ein Schild auf den Chef der Firma, Herrn Reifer, hinwies.

Nachdem unsere Begleiterin angeklopft hatte, traten wir ein und begrüßten Herrn Reifer, der von seinem Schreibtisch aufgestanden war.

„Grüß Gott Herr Reifer. Schön, dass sie sich Zeit für uns nehmen. Ich bin Kommissar Breslmaier und das ist meine Kollegin Kommissarin Stöcklgruber. Wir sind hier, weil wir in einem Mordfall ermitteln, in dem ihre Firma möglicherweise eine gewisse Rolle spielen könnte."

„Wenn ich ihnen helfen kann, jederzeit", erwiderte er hilfsbereit und schüttelte unsere Hände.

Wir setzten uns in eine gemütliche Besprechungsecke und ich begann:

„Ich erkläre ihnen kurz den Stand der Dinge, damit sie wissen, warum wir hier sind."

Ich schilderte ihm den Tathergang, soweit es ging, ohne Einzelheiten Preis zu geben. Wichtig war natürlich der Hinweis, den der Mörder hinterlassen hatte. Ich sparte auch nicht aus, dass uns die KI den Hinweis auf seine Firma gegeben hatte, was ihn sehr überraschte.

„Und sie meinen, dass dieser Hinweis wirklich mit meiner Firma im Zusammenhang steht?"

„Das wissen wir natürlich noch nicht sicher", übernahm Frau Stöcklgruber das Gespräch. „Wir nehmen jeden noch so kleinen Hinweis gerne auf, da wir noch keine wirkliche Spur haben. Wir stehen noch ganz am Anfang."

„Ah, verstehe", sagte Herr Reifer. „Wie kann ich ihnen denn nun helfen?"

„Kennen sie vielleicht den Toten, den Herrn Artur Thalhammer?"

„Ja natürlich kenne ich den. Das gibt es ja gar nicht. Der Herr Thalhammer, umgebracht, ermordet?"

„Ja, leider. Der Mörder hat dann die Nachricht hinterlassen, die uns schließlich zu ihnen geführt hat. Und wie stehen sie zu Herrn Thalhammer?"

„Herr Thalhammer war beim TÜV-Süd und war sicher mindestens einmal im Monat bei uns in der Firma für TÜV-Abnahmen. Wir entwickeln für die Autoindustrie entsprechende Teile, die eine TÜV-Zulassung haben müssen. Dafür war Herr Thalhammer zuständig."

„Aha", mischte ich mich jetzt ein. „Hatte er denn nähere Beziehungen zu einem oder einer ihrer Beschäftigten?" wollte ich von ihm wissen.

„Da ist mir nichts bekannt. Natürlich war er des Öfteren auch über Mittag bei uns. Wir haben eine kleine Kantine, in der wir Essen servieren und da kann man auch sicherlich problemlos Kontakte knüpfen. Aber das könnte ihnen besser meine Sekretärin, Frau Sedlmaier-Winkler, sie haben sie ja bereits kennengelernt, sagen. Ich rufe sie mal zu uns." Er betätigte eine Gegensprechanlage und Frau Sedlmaier-Winkler klopfte kurz danach an der Türe. Sie trat ein und Herr Reifer deutete auf den noch freien Stuhl. Sie setzte sich und schaute uns neugierig an.

„Frau Sedlmaier-Winkler", begann ich „Herr Reifer hat uns gesagt, dass sie uns in unserem Fall vielleicht weiterhelfen könnten. Zunächst hätten wir von ihnen gerne eine Liste der Beschäftigten in ihrer Firma, wenn möglich auch mit Adresse und Telefonnummer."

Sie nickte und sagte: „Mache ich gerne, bekommen sie umgehend."

„Danke, sehr nett. Was ich von ihnen wissen möchte ist, ob der Herr Thalhofer, sie kennen ihn doch, oder?"

„Ja natürlich, was ist mit ihm?"

„Herr Thalhofer ist tot, er wurde gestern umgebracht. Deshalb sind wir hier. Und wir sind der Annahme, dass er irgendeine Verbindung mit ihrer Firma hatte. Nicht geschäftlich, sondern eher privat. Das Geschäftliche haben wir mit ihrem Chef schon besprochen. Könnte da etwas sein, was wir nicht wissen?"

Sie wurde etwas verlegen und schaute betreten zu Boden.

„Was ist denn, Frau Sedlmaier-Winkler?"

Sie begann leicht stockend: „Na ja, der Herr Thalhofer war schon, na ich weiß nicht, wie ich es sagen soll ….. ein toller Mensch. Er wusste so viel und konnte so interessant erzählen. Es war schön, ihm zuzuhören."

„Hatte er denn irgendwelche Feinde oder Mitarbeiter, die ihm nicht wohl gesonnen waren?"

„Nein, überhaupt nicht. Eher das Gegenteil. Alle mochten ihn gerne, er war sehr beliebt, oder Herr Reifer?"

„Da kann ich ihnen nur zustimmen, was ich so mitbekommen habe. So viel hatte ich mit ihm ja nicht zu tun. Da waren sie und unsere Mitarbeiter sicher näher dran."

„Ich hole ihnen jetzt mal die Liste", meinte Frau Sedlmaier-Winkler, stand auf und ging flotten Schrittes nach draußen.

„Da haben sie aber eine super Kraft", bemerkte ich anerkennend.

„Ja, ja, die Frau Sedlmaier-Winkler, die Seele unseres Betriebs. Ohne sie wäre ich sicher aufgeschmissen. Sie ist schon knapp zwanzig Jahre bei mir und immer korrekt und absolut zuverlässig."

„Ja, das merkt man", mischte sich Frau Stöcklgruber ein. „Sie und der Herr Thalhofer? War da vielleicht ein bisschen mehr?"

„Nein, nein", winkte Herr Reifer ab. „Sie ist glücklich verheiratet und ihr Mann der Herr Sedlmaier ist ein wirklich netter, loyaler und aufmerksamer Mensch. Ich kenne ihn ja auch schon lange. Bei den Betriebsfesten oder auch bei unseren Ausflügen war er immer mit dabei. Beim besten Willen nicht."

„Dann würden wir morgen gerne noch einmal wieder kommen und ich hoffe es macht ihnen nichts aus, wenn wir ihre Mitarbeiter kurz befragen", wandte ich mich an Herrn Reifer.

„Wenn es sie weiterbringt, gerne. Ich hoffe, es dauert nicht zu lange, sie wissen schon, Zeit ist Geld."

„Ja klar, wir halten uns so kurz als möglich."

Wir verabschiedeten uns von ihm, ich gab ihm noch meine Visitenkarte und dann gingen wir den Weg zurück zum Empfang.

Frau Sedlmaier-Winkler wedelte schon mit einer Klarsichthülle.

„Herr Kommissar, bitte schön, die Liste unserer Mitarbeiter, alphabetisch natürlich."

Ich bedankte mich bei ihr und wir wünschten ihr noch einen schönen Tag und gingen ins Freie in Richtung unsere Autos.

„Also, das war schon sehr komisch, wie die Frau Sedlmaier-Winkler reagiert hat, als wir den Namen Thalhofer erwähnt haben“, bemerkte Frau Stöcklgruber.

„Ja, irgendwie schon ungewöhnlich. Da gebe ich jetzt noch nicht viel drauf. Vielleicht erfahren wir morgen bei der Befragung mehr. Da verspreche ich mir schon etwas. Ach übrigens, ich muss noch die Frau Thalhofer anrufen, ob sie morgen zum Schwimmen geht, wegen meinem Schwiegervater, der will doch Undercover ermitteln!“

„Dein Schwiegervater und du …. ein großartiges Team. Vielleicht kann er mich mal ersetzen?“

„Spinnst du? Ja wirklich nicht.“

„War doch nur ein Spaß“, meinte sie lachend.

Ich rief Frau Thalhofer an. Sie nahm den Anruf auch sofort an und ich fragte sie, ob sie morgen Vormittag Zeit für uns hätte, da sich noch einige Fragen ergeben hätten.

Sie bedauerte, dass sie nicht da wäre, da sie um 10:00 Uhr zum Schwimmen gehen würde. Ihre Freitags-Routine. Aber nachmittags wäre sie zuhause. Wir verabredeten uns auf 15:00 Uhr und beendeten das Gespräch.

„Alles klar", erklärte ich Frau Stöcklgruber. „Die Aktion kann morgen Vormittag gestartet werden. Hans-Peter im Elypso ab 10:00 Uhr."

Ich hielt am Parkplatz neben der Metzgerei an und wir stiegen aus. Die Metzgerei Schiller war schon immer eine der besten Metzgereien im Ort, vor allem belieferte sie auch den Otto mit seiner sagenhaften Currywurst. Wir betraten den Verkaufsraum. Wir waren die einzigen Kunden und eine nette Verkäuferin fragte uns nach unseren Wünschen.

„Also ich hätte gerne ein Paar Wiener und eine Leberkässemmel, und nach was ist ihnen, Frau Stöcklgruber?"

„Haben sie auch etwas nicht so kalorienhaltiges für mich?" wandte sie sich an die Metzgereifachverkäuferin (so eine komische Bezeichnung. Bin gespannt, wann dieses Wort, von wem auch immer, verboten wird).

„Ja natürlich. Kalorienarme Wurst oder auch verschiedene Salate. Wird immer mehr nachgefragt."

„Können sie mir etwas empfehlen?"

„Ja klar, einen Salat mit Putenstreifen, natürlich kalorienarm."

„Na das klingt doch gut. Nehme ich."

Die Verkäuferin drehte sich um, holte meinen Leberkäs aus dem Ofen, schnitt eine Semmel auf und legte eine wirklich dicke Scheibe hinein.

„Senf, Ketchup?" fragte sie mich kurz und bündig.

„Nein, bitte nur Natur."

Sie reichte mir die Semmel zusammen mit einer Serviette und machte sich an den Salat für Frau Stöcklgruber. Nachdem der mit den Putenstreifen belegt war, zahlte ich und wir gingen zu dem im Eck stehenden Hochtisch.

„Danke für die Einladung", meinte Frau Stöcklgruber.

„Gerne", sagte ich und biss von meiner monster Leberkässemmel ab. MMhh… die schmeckte aber auch vorzüglich. So stellt man sich eine Leberkässemmel vor. Nicht diese papierähnlichen Verführer in den Großmärkten.

„Und wie schmeckts dir? Auch so gut wie mir?" wollte ich von Mina wissen.

„Ich kann nicht meckern. Ich muss schon sagen, mit dir kann man wirklich Essen gehen und immer wieder neue und hervorragende Wirtshäuser und Essensmöglichkeiten finden. Kompliment!"

„Danke Mina, doch du wirst staunen, ich kenne noch mehr. Lass dich überraschen."

„Wenn ich nicht zu sehr zunehme, dann bin ich gerne mit dabei", gab sie lachend von sich.

„Ja, ja, du und deine Linie. Weiß ich doch schon. Und wer schaut auf meine?"

„Na deine Frau Claudia … wenn sie mit dabei ist, denke ich. Stimmts?“

„Stimmt, meistens bin ich mit dir unterwegs und du bist ja sooo großzügig, Gott sei Dank.“

Damit war das Gespräch beendet und wir widmeten uns den menschlichen Genüssen.

Nachdem wir beide mit unserer Brotzeit fertig waren, verabschiedeten wir uns freundlich von der Verkäuferin und ich hielt, als Kavalier der alten Schule, Frau Stöcklgruber die Türe auf und stolperte beim Hinausgehen unglücklich über den vor der Türe liegenden Fußabstreifer, knickte mit dem rechten Fuß um und wäre fast gestürzt, wenn mich Frau Stöcklgruber nicht mit ihrer Schulter abgefangen hätte.

„Auuu“, konnte ich noch von mir geben und stützte mich an ihr ab.

„Mensch Franz, was war denn das?“ fragte sie mich sorgenvoll.

„Ich bin blöd gestolpert und hab mir den Fuß verknackst. Tut verdammt weh. Ich glaube, gebrochen habe ich mir nichts. Ich kann den Fuß noch bewegen. Aber weh tut es schon, verdammt weh.“

„Jetzt setz dich erst mal ins Auto und ich schau mir das an. Komm ich stütze dich.“

Damit nahm sie mich unter der Schulter und wir humpelten zum Auto. Sie öffnete die Beifahrertür und ich setzte mich so hinein, dass die Füße noch außen waren.

Sie zog mir meinen Schuh aus und betastete den Knöchel.

„Also gebrochen ist nichts, nur sauber verstaucht würde ich sagen. Wer ist denn dein Hausarzt?"

„Matthias Faigl in Neuhausen, schon seit Jahrzehnten, zuerst sein Vater Hans und seit ein paar Jahren der Sohn. Meinst du wirklich, ich sollte zu ihm ….?"

„Wenn es nicht von besser wird, auf jeden Fall. Wir holen als erstes etwas zum Einschmieren in einer Apotheke. Schadet auf keinen Fall. Übrigens habe ich dir schon erzählt, dass ich letztes Jahr, während meines Jahresurlaubs, in Schwarzach in der Orthopädischen Fachklinik war?"

„Nein, du? Warum denn das? Erzählst du mir jetzt das, um mir die Klinik zu empfehlen, wenn es mit dem Einschmieren nicht hilft und es nicht besser wird, oder warum?"

„Na ja, man weiß ja nie und ich habe beste Kontakte zu Mitarbeitern in der Klinik, ich habe die Handynummern von zwei Pflegerinnen, von der Station 3, der Melanie und von der Selina, beide könnte ich dir vermitteln und da war auch noch der Daniel, aber von dem habe ich keine Nummer. Alle waren sehr nett und freundlich und du konntest immer jemand finden, der dir weiterhelfen konnte. Und operiert hat mich der Doktor Martini, ein ganz kompetenter und einfühlsamer Chefarzt. Und … es gibt ein super Essen! Also nur zu empfehlen. Ich habe mir übrigens mein Knie athroskopieren lassen. War nicht mehr auszuhalten."

„Hast du mir gar nicht erzählt."

„War auch nicht so wichtig, oder?"

„Eigentlich nicht. Hatte auch nichts bemerkt an dir, oder besser gesagt, ist mir nichts aufgefallen. Und jetzt wieder alles in Ordnung?"

„Ja, alles bestens. Deshalb auch meine Empfehlung, wenn du wirklich Hilfe brauchst. Eigentlich können wir uns eine Auszeit von dir überhaupt nicht leisten! Denke nur daran: heute Nachmittag Pressekonferenz, morgen Vernehmung der Mitarbeiter der Firma Reifer und und und … Also halt durch lieber Franz. Das schaffen wir schon. Beiß auf die Zähne!"

„Na klar, ich versuche mein Bestes!"

Ich zog unter Schmerzen wieder meinen Schuh an und setzte mich ins Auto. Der Knöchel war jetzt schon dick angeschwollen.

Mina fuhr los und fragte mich nach der nächstgelegenen Apotheke.

„Ich glaube, die Marienapotheke in der Unteren Vorstadt wäre die nächste. Ich sag dir, wo wir parken können", gab ich ihr die benötigte Auskunft.

„Alles klar. Wird schon funktionieren."

Wir parkten das Auto vor dem Stadttor und Mina stieg aus, um das Medikament zu holen, das mir Linderung bringen sollte. Der Knöchel schwoll inzwischen noch mehr an.

„Ich hab's", kam sie erfreut zurück ins Auto und reichte mir die bunte Schachtel. „Laut Apothekerin momentan die beste Medizin, um Schwellungen zu behandeln. War sehr nett und hilfsbereit. Wollte mich gleich damit behandeln. Aber ich machte ihr dann klar, dass ich nicht der Patient bin. Jetzt fahren wir erst mal ins Präsidium und dann schaun wir weiter. Wie geht's dir?"

„Der Knöchel schwillt weiter an. Ich bin gespannt, wie wir den Schuh noch herunterbekommen. Fahr mal los, damit wir nicht zu viel Zeit verlieren."

Wir parkten vor dem Präsidium und Mina half mir beim Aussteigen. Ich biss mir auf die Zähne und ein, ach darf man ja auch nicht mehr sagen, ehemaliger Ureinwohner Amerikas, kennt keinen Schmerz.

Ich humpelte, mit Frau Stöcklgrubers Unterstützung, zum Lift und wir fuhren hoch in unser Büro. Mit einem lauten Seufzer setzte ich mich auf meinen Stuhl und Mina half mir beim Schuhausziehen. Der Knöchel war jetzt noch mehr angeschwollen. Mina zog mir zunächst den Schuh und dann auch meinen Strumpf aus und begann ihn mit der gekauften Salbe einzuschmieren. Es tat richtig gut, die Kälte und die zarten Finger meiner Kollegin.

Nach der Aktion zog sie mir den Strumpf wieder an und meinte: „So, das wäre fürs erste geschafft. Mal schauen, wie die Salbe wirkt. Ich denke Franz, wir sollten uns wieder unserem Fall zuwenden. Lass uns doch unser Flipchart aktualisieren. Wir haben doch einige wichtige neue Erkenntnisse. Ich schnapp mir mal den Stift."

„OK, machen wir", ergänzte ich leicht gequält.

„Wir haben als erstes den Satz vom Mörder oben stehen", erklärte Frau Stöcklgruber
„dann, dass wir verwertbare Fingerabdrücke an den Schwammerl haben, die um den Toten angebracht waren,
dann noch: verkehrter Wald (Schwammerlplatz),
wir wissen inzwischen auch, womit Herr Thalhofer erschlagen wurde."
Sie schrieb: Tatwaffe: großer Stein mit Wucht an linke Kopfseite.
„Wir haben sein Auto, aber nicht seinen Schlüssel, genauso fehlt uns sein Schwammerlkorb und eventuelle Ausweise oder sein Geldbeutel sowie sein Handy. Ich weiß natürlich nicht, ob man so etwas beim Schwammerlsuchen dabeihat. Ich schreib mal hin:
uns fehlt: Geldbeutel, Ausweise, Handy, Autoschlüssel.
Doch wir haben seine Fingerabdrücke, vermeintlich. In seiner Begeisterung, dass er der Polizei einen Hinweis hinterlässt, hat er nicht bedacht, dass auch an den Schwammerl Fingerabdrücke nachweisbar sind. Zwar nicht so gut wie normal, aber wir konnten sie sichern. Also schreib ich auch groß hin: Fingerabdrücke des Mörders auf den Schwammerln.

Dann haben wir eine wahrscheinliche Verbindung zur Firma Reifer, die uns die KI offenbarte. Ich schreib mal: Firma Reifer – Zusammenhang? Verbindung?
Franz, fällt dir noch etwas ein?"

„Nein, momentan nicht. Ich glaube, das wärs fürs erste. Mal schaun, ob uns der Karl Ziegenheimer noch etwas Neues berichten kann. Wann wollte er bei uns sein?"

„In zehn Minuten, um 2 Uhr."

„Na dann …. kannst du uns die wichtigen Punkte vom Flipchart für die PK kurz notieren, damit wir sie auch dem Staatsanwalt weitergeben können?"

„Ja, mach ich", sagte sie und schon war sie an ihrem Schreibtisch und bediente ihre Tastatur.

Ich schaute mir die Mitarbeiterliste der Firma Reifer nun genauer an, konnte leider nichts feststellen, was mich beunruhigte oder was mir auffiel. Die Firma hatte 42 Mitarbeiter inclusive Chef, wovon 35 Männer und 7 Frauen waren. Davon waren 6 Auszubildende. Also alles ganz normal. Mal schaun, was sich morgen ergeben sollte. Jetzt hatte ich nur noch das Problem mit meinem geschwollenen Fuß. In den Schuh würde ich im jetzigen Zustand nicht mehr hineinkommen. Aber was tun? Vielleicht hat Frau Stöcklgruber eine Idee. Zur Pressekonferenz nur in Socken, das geht auf keinen Fall.

„Mina, ich hätte da mal eine Frage. Hast du eine Lösung für mein aktuelles Problem?"

„Was meinst du?" unterbrach sie ihre Tipperei.

„Na ich passe mit meinem geschwollener Knöchel nicht mehr in meinen Schuh und um 15:00 Uhr haben wir doch die Pressekonferenz. Ich kann doch nicht ...."

„Ach so, dein Fuß, na klar. Wir bräuchten offene Schuhe, Sandalen oder Hausschuhe. Doch wo bekommen wir die auf die Schnelle her? ... Ah, ich weiß: Frau Unholzer, die Karin, kann uns da bestimmt helfen. Ich ruf sie gleich an."

Gesagt, getan. Frau Unholzer wollte sich darum kümmern und versprach, in der nächsten halben Stunde bei uns aufzukreuzen, mit etwas passendem. Ich gab ihr noch meine Schuhgröße und nun hieß es abwarten.

Es klopfte an unserer Türe.

„Das ist bestimmt der Karl, der Ziegenheimer", erklärte ich Frau Stöcklgruber. „Herein!"

Ja, es war der Herr Ziegenheimer, wie er leibt und lebt. Eigentlich wollte ich aufstehen, aber im letzten Moment hielt mich mein Knöchel mit einem dumpfen Schmerz davon ab.

„Grüß dich Karl, schön, dass du dir Zeit genommen hast. Bitte entschuldige, dass ich dich nicht aufstehen kann, um dich zu begrüßen. Ich habe mir den Knöchel verstaucht und bin etwas gehandicapt."

Ich reichte ihm die Hand und wir begrüßten uns mit Handschlag. Er ging anschließend um den Schreibtisch herum zu Frau Stöcklgruber und schüttelte auch ihre.

„So, da bin ich. Womit kann ich euch helfen?"

„Jetzt setz dich doch erst mal hin", sagte ich zu ihm und wies ihm den noch freien Stuhl zu.

„Bevor wir über den aktuellen Fall reden, muss ich dich etwas ganz anderes fragen: stimmt das, dass du in einer Band spielst? Bei den ´Greenfeets`?"

„Ja klar, schon seit x Jahren. Wir sind zu dritt und machen die Musik, die uns gefällt. Inzwischen sind wir doch, ohne uns selbst zu loben, einigermaßen bekannt in der Region. Wir hatten heuer im Theatron in Deggendorf einen sehr erfolgreichen Auftritt und mich wundert nur, dass du davon nichts mitbekommen hast. War ein großer Bericht darüber in der Presse. Aber wie kommst du dann auf uns?"

„Herr Reinheimer, das ist der, der das Mordopfer gefunden hat, hatte ein Cap auf mit eurem Logo und dem Schriftzug ´Greenfeets`. Und dann hatte Frau Thalhofer ein Sweatshirt an, ebenfalls von den Greenfeets. So ein Zufall. Ich machte Frau Stöcklgruber darauf aufmerksam. Sie kannte euch und wusste sofort über eure Band Bescheid. Sie war auch bei eurem Auftritt im Theatron und war total begeistert, von der Atmosphäre, von der Musik und dem großartigen Publikum. Leider ist das an mir vorbeigegangen. Hätte dich, oder euch, gerne gehört. Vielleicht ein anderes Mal. Doch nun zu unserem aktuellen Fall. Wir haben noch einige Fragen, die du uns vielleicht beantworten, oder wo du uns helfen kannst.. Hast du eine Ahnung, wo der Schwammerlkorb vom Herrn Thalhofer sein könnte, wo der abgeblieben ist? Er hatte doch sicher einen dabei. Zumindest hat das seine Frau bestätigt."

„Ja, der passionierte Schwammerlsucher hat immer einen Korb dabei, denn nur im Korb bleiben die Schwammerl frisch und verlieren nicht an Konsistenz und Aussehen. Einen Korb habe ich an der Stelle, wo Herr Thalhofer lag, nicht gesehen. Geht ihr denn davon aus, dass auch der Mörder einen Korb dabeihatte?"

„Ja, definitiv. Es gibt Spuren, die das Belegen. Außerdem womit hätte er sonst die ganzen Schwammerl, die er für sei 'Kunstwerk` benötigte, hertransportiert und die restlichen abtransportiert?"

„Stimmt, sehe ich genauso. Also braucht ihr nur noch den Korb vom Herrn Thalhofer finden und dann habt ihr auch den Täter!"

Lachend erwiderte ich: „Ja genau! So einfach Und wo ist der gesuchte Korb?"

„Na, das ist doch euer Job, oder?"

„Danke für den Hinweis. Nochmal zurück: ich versetz mich jetzt mal in die Rolle des Mörders. Herr Thalhofer liegt vor mir, tot. Ich habe zwei Körbe gefüllt mit verschiedenen Schwammerl und da kommt mir die Idee, der Polizei ein Rätsel aufzugeben, nur so zum Spaß.

Also drapiere ich die passenden Schwammerl um den Toten. Jetzt sind die Körbe immer noch gut gefüllt und so kippe ich einen in den anderen und staple sie, so dass ich nur noch einen zu tragen habe. Zurücklassen kann ich keinen. Zu gefährlich mit Fingerabdrücken und Fasern und mit allem, was wir inzwischen bestimmen können. Also nehme ich ihn auch mit. Den kann ich doch zuhause später bequem entsorgen. - Unser Problem ist jetzt nur: wir haben noch keine Spur vom Mörder, nicht den kleinsten Verdacht. Wir haben seinen Fingerabdruck, seinen schlauen Spruch, wir wissen, wie er den Herrn Thalhofer umgebracht hat, aber wir wissen nicht, warum."

„Ja, warum", meinte Herr Ziegenheimer. „Darüber habe ich mir auch schon Gedanken gemacht….." Er zögerte und schaute mich an.

„Na los, Karl, raus damit. Lass hören", forderte ich ihn auf.

„Also meiner Meinung nach, spielt der Hinweis des Mörders hier eine größere Rolle, als ihr annehmt. Die erste Vermutung von mir war, dass der Mörder sein Schwammerlrevier verteidigen und für sich beanspruchen will. Doch das wäre für mich zu einfach gedacht. Also was könnte es sonst noch sein? Irgendein persönlicher Besitz, der ihm sehr wichtig war und wo er sich gedemütigt fühlte, weil ein anderer diesen beanspruchte?"

„Interessante These. Das mit dem Schwammerlrevier finde ich auch irgendwie zu wenig. Man tötet doch nicht, um seine Schwammerlplätze zu bewahren. Da hätten wir jede Woche mindestens einen Mordfall. Also es muss schon etwas Wichtigeres sein. Aber was?"

Jetzt mischte sich Frau Stöcklgruber mit ein: „Vielleicht hat es ja mit seiner politischen Gesinnung zu tun, oder auch mit dem Grundstück, auf dem der Golfclub nun seinen Platz erweitert hat? Herr Thalhofer war strikt gegen die Erweiterung. Wenn nun der Mörder ihm, oder uns, sagen will, dass er hier nichts zu melden hat: das ist mein Revier?"

„Auch ein sehr interessanter Ansatz, liebe Mina. Wie du siehst, Karl, stochern wir momentan im Dunklen herum. Wenn dir noch etwas einfallen sollte, so ruf uns bitte an. War schön, dich wieder zu sehen. Außerdem weiß ich jetzt, dass du in einer Band mitspielst und wer weiß, ob ich dich nicht irgendwann einmal brauchen kann und euch engagiere."

Herr Ziegenheimer stand auf, verbeugte sich leicht und sagte: „Immer zu euren Diensten, Franz, Frau Stöcklgruber."

Ich lachte amüsiert und wir verabschiedeten uns von ihm.

„Komm Franz", Mina kam zu mir an meinen Schreibtisch. „Ich schmiere dir deinen Knöchel nochmal ein, bevor wir zur PK gehen. Wo bleibt denn nur Frau Unholzer?"

„Na, die wird schon noch kommen. Auf die ist absolut Verlass."

Da klopfte es an der Türe und Frau Unholzer kam mit einer Tragetüte in der Hand auf mich zu.

„Herr Breslmaier", begrüßte sie mich. „Wie versprochen, die Sandalen vom Herrn Opitz, Schuhgröße 43. Sollten passen."

Sie streckte mir die Tüte hin und ich schaute neugierig hinein. Darin waren zwei Birkenstocksandalen in braun.

„Und?" meinte sie.

„Danke Frau Unholzer, sollten passen. Auf jeden Fall besser als in Strümpfen zu erscheinen. Ist alles für die PK vorbereitet?"

„Ja, alles paletti. Jetzt lassen sie doch mal ihren Knöchel sehen."

Sie beugte sich nach unten und begutachtete meine Schwellung.

„Schaut schon ganz schön gruselig aus … und so schön bunt. Frau Stöcklgruber wird das schon hinbekommen. Hauptsache, nichts gebrochen oder so."

„Glück im Unglück und es tut noch ganz schön weh, wenn ich ehrlich bin. Und grün und blau ist ja auch eine schöne Farbe, oder?"

Frau Unholzer meinte amüsiert „na ja, es gibt schon schönere Farben. Und du hast den großen Vorteil, irgendwann sind die verschwunden. Wir sehen uns bei der Pressekonferenz."

Damit verabschiedete sie sich von uns und Frau Stöcklgruber konnte endlich ihre Behandlung beginnen. Nachdem sie mich fleißig eingerieben hatte, zog sie mir noch meinen Socken an und holte die Sandalen aus der Tasche.

„Mal schaun, ob sie passen." Ich schlupfte in die Birkenstöcker von Herrn Opitz, und sie passten genau. Gott sei Dank, ein Problem weniger.

„Na, schaut doch gut aus", meinte sie. „Gehen wir los? Die PK beginnt in 20 Minuten. Schadet nicht, wenn wir uns vorher noch kurz mit Doktor Hofer besprechen. Was meinst du?"

„Ja, gute Idee. Lass uns gehen."

Ich stand vorsichtig auf, aber es ging. Sie schnappte sich die benötigten Unterlagen und so machten wir uns auf in Richtung des Raums, wo die PK stattfinden sollte.

Herr Doktor Hofer war schon vor Ort und so konnten wir uns mit ihm über den Ablauf abstimmen. Wir brachten ihn auch noch auf den aktuellen Stand, was er mit einem: `weiter so`, quittierte. Er wollte die Eröffnung machen und anschließend sollte ich den Fall kurz schildern, ohne markante und ermittlungstechnische Sachen preiszugeben. Ich war gespannt, was uns erwarten würde.

Die Pressekonferenz war diesmal überaus gut besucht. Na ja, Herr Thalhammer war auch ein bekannter Stadtrat bei den Grünen. Von der PNP, der Deggendorfer Zeitung, war Frau Luxenberger anwesend, vom Straubinger Tagblatt Herr Schmotz und von Donau aktuell Herr Islinger. Die übrigen, vier Männer und zwei Frauen, kannte ich nicht. Außerdem war auch noch jemand von Donau TV mit einer großen Kamera und einem Helfer mit Mikrofon da, die sich bereits positioniert hatten.

Staatsanwalt Doktor Hofer begrüßte die Anwesenden und stellte ihnen meine Kollegin Stöcklgruber und mich vor. Er begann mit einem groben Überblick und übergab mir dann das Wort. Ich ging etwas mehr ins Detail und berichtete über den aktuellen Stand. Natürlich wussten bereits alle Anwesenden, dass der Tote der Stadtrat Thalhofer ist. Ich berichtete auch über die Nachricht des Mörders, dass er einen Hinweis hinterlassen hatte, der uns sehr mysteriös erschien und den wir bisher nicht entschlüsseln oder zuweisen konnten. Natürlich wollten die anwesenden Pressevertreter mehr darüber wissen, doch ich konnte und durfte ihnen nicht mehr sagen. Ich teilte ihnen nur mit, dass wir in alle Richtungen ermitteln und schon Spuren und Hinweise haben, die wir weiterverfolgen. „Der Mord an Herrn Thalhofer ist ein herber Verlust für Deggendorf und den Stadtrat und wir sind gefordert, ihn aufzuklären. Wir hoffen auf ihre Unterstützung und werden sie sofort informieren, wenn wir etwas Neues ermittelt haben. Vielen Dank für ihre Aufmerksamkeit." Damit beendete ich die PK und stand vorsichtig auf. Natürlich prasselten noch einige Frage auf uns ein, doch wir ignorierten sie und verließen gemeinsam den Raum.

In unserem Büro angekommen bemerkte ich: „ist schon immer wieder ein ganz schöner Kraftakt, so eine Pressekonferenz, oder?"

„Ja, hast du gut gemacht, nicht zu viel und nicht zu wenig. Genau richtig. Du kannst das halt gut, bei deiner Erfahrung."

„Ja, muss ich zugeben, das kommt eben mit der Zeit. Aber die nächste PK darfst du machen. Sonst lernst du das ja nie."

„Wenn du meinst, gerne. Und was machen wir jetzt, was liegt an?"

„Ich würde vorschlagen, wir überlegen uns, was wir die Mitarbeiter der Firma Reifer morgen fragen. In erster Linie möchten wir doch wissen, ob der Herr Thalhofer irgendetwas außer der Reihe betrieb. Also zum Beispiel: machte er in der Firma krumme Geschäfte, hatte er eine Beziehung zu einer Angestellten,

Ich öffnete die Eingangstüre und ließ Frau Stöcklgruber den Vortritt. Der Laden war hell und freundlich, ein langer Raum, der sich weit nach hinten zog. Vorne gab es Zeitungen und Illustrierten, im mittleren Bereich waren die Rauchwaren und Weine, in erster Linie Tabakdosen, ausgestellt und daran anschließend verschiedene Whiskeys und besondere Zigarren. Ein angenehmer Duft lag in der Luft. Tabak, Zigarren? Im hinteren Bereich war die Lottoannahme und dort entdeckte ich auch den Sam, meinen langjährigen Bekannten und Freund. Warum er sich so nannte, keine Ahnung. Ich kannte ihn nur unter dem Namen. Er war der frühere Besitzer des Geschäfts, doch inzwischen war die nächste Generation am Ruder.

Sam war ein schlanker, sportlicher Typ, Anfang 60 und immer nett und freundlich.

Er kam auf mich zu und begrüßte mich erfreut: "Hallo Franz. Na, das ist eine Überraschung. Und noch dazu in so charmanter Begleitung." Damit begrüßte er auch Frau Stöcklgruber und schüttelte ihr erfreut die Hand. „Und wen darf ich in meiner armseligen Hütte willkommen heißen?"

Frau Stöcklgruber fühlte sich offensichtlich sehr umschmeichelt und antwortete; „Ich bin die Kollegin vom Franz, Philomena Stöcklgruber. Wir arbeiten bereits seit über 10 Jahren schon zusammen und er zeigt mir immer wieder neue Seiten von Deggendorf, die mir bisher verborgen geblieben sind. Sie haben auch wirklich super Schätze hier." Damit deutete sie auf die Ansammlung von Whisky-, Weinflaschen und Tabakdosen.

„Ja, und es warten noch weitere Schätze im Verborgenen. Die führe ich nur bestimmten und ausgewählten

Kunden und Kundinnen vor. Aber im Ernst: womit kann ich euch beiden Hübschen denn helfen?"

„Ein Kollege von uns feiert seinen sechzigsten Geburtstag", klärte ich ihn auf. „Und da haben wir uns gedacht, dass wir ihn mit einem guten Whisky und zwei passenden Zigarren beschenken. Und Sam, was meinst du dazu?"

„Mmmhh ...." damit drehte er sich von uns weg und blickte auf seine gesammelten Whiskys. „Das ist natürlich schwierig, wenn man die Person und seine Gewohnheiten nicht kennt. Trinkt er lieber schottischen Whisky, torfig und rau, oder doch eher einen lieblichen irischen Whiskey? Die passende Zigarre finden wir auf jeden Fall. Das ist kein Problem. Trinkt er schon länger Whisky?"

„Ja, bestimmt. Denn er erzählt mir immer von seinen Urlauben in Schottland mit Whiskyverköstigung. Also sollte es auf jeden Fall ein schottischer Whisky sein, oder?"

„Ja, auf jeden Fall."

Sam griff gezielt nach einer Flasche im Whiskyregal und hielt sie uns entgegen.

„Also ich würde eurem Geburtstagskind diesen Whisky empfehlen: Bruichladdich Islay Barley 2013. Ein absoluter Geheimtipp unter Whiskyliebhabern. Ein Geschmack nach Vanille, Honig, roter Apfel und eine erdige Malz Note in der Nase. Zitronen im Kontrast mit

Vanille, Honig und Ingwer am Gaumen. Schließlich Zimt und Trockenobst. Ich denke, der sollte dem Jubilar absolut schmecken."

„Wahnsinn, was du alles weist!" gab ich erstaunt von mir.

„Ist ja mein Geschäft! Da sollte man sich schon auskennen, oder?"

„Was kostet denn das gute Stück?" wollte ich von ihm noch wissen.

„Also für euch beide mach ich einen Sonderpreis. Statt 89,00 Euro mach ich euch 79,00 Euro. Ist das in Ordnung?"

„Ja, Sam, das ist super. Also den Whisky haben wir schon mal. Jetzt zur passenden Zigarre."

„Also da hätte ich eine Montecristo Open Master A/T, eine Zigarre natürlich aus Cuba, handgerollt von Damen, die ihr Handwerk verstehen. Wenn Sie die Montecristo Open Master in Ihren Händen halten, wird ein Lächeln Ihre Lippen umspielen. Denn was Sie in den Händen halten, ist eine Premiumzigarre aus einer der Premiummanufakturen Kubas. Die 12,4 Zentimeter lange und 20 Millimeter „dicke" Zigarre ist eine klassische Robusto, eines der beliebtesten Formate weltweit. Wie ihre Geschwister der Open-Serie ist sie eine verhältnismäßig milde Zigarre und weiß durch ihren cremigen Rauch zu überzeugen. Dazu gesellen sich gelegentlich Anleihen von Karamell und Kakao, die den recht grasigen Grundcharakter erweitern. Eine angenehme Komposition, die auch in Zug und Abbrand sehr gut ist. Eine passende Zigarre zu unserem schottischen Whisky. Na, was meint ihr dazu?"

„Also Sam, du überraschst mich doch immer wieder. Die würde ich sofort und ungesehen rauchen. Da riech ich ja schon allein durch deine Ausführungen den Duft und das Aroma der Zigarre. Was kostet sie denn?"

„Der Normalpreis ist pro Stück 21,80 Euro. Ich würde euch drei Stück empfehlen und würde euch dann einen Gesamtpreis von 135,00 Euro machen. Ist das in Ordnung?"

„Ich würde sagen, passt. Was meinst du Mina?"

„Perfekt, Franz. Da werde ich auch zum Whiskytrinker und zur Zigarrenraucherin, wenn ich das alles so höre. Muss schon echt ein Genuss sein, ein guter Whisky und dazu eine passende Zigarre. Großartige Idee von dir, Franz."

Ich wandte mich an Sam: „Kannst du uns die Sachen als Geschenk einpacken? Ich stell mich bei der Einpackerei immer als totaler Depp dar. Ich kanns einfach nicht. Aber was solls, ich finde immer jemanden, der das für mich erledigt, wie heute bei dir, Sam."

„Bin gleich wieder zurück." Damit entschwand er hinter den Vorhang, der das Allerheiligste vom normalen Verkaufsraum trennte.

„Was ist denn hinter dem Vorhang?" fragte mich Frau Stöcklgruber interessiert.

„Hinter dem Vorhang ist sein Testraum. Den darfst du nur betreten, wenn du wirklich vorhast, etwas Besonderes und Großes zu kaufen. Und da reden wir von so ab 300,00 Euro aufwärts."

Sie machte ein sehr überraschtes Gesicht und meinte: „Na, da komme ich sicher nicht in den Genuss, den Vorhang zu lüften."

„Na, wer weiß. Vielleicht wirst du ja noch eine passionierte Zigarrenraucherin." gab ich amüsiert von mir.

„Bestimmt nicht. In meiner kleinen Wohnung! Das wäre sicher ein Kündigungsgrund bei dem Geruch, den die Zigarren so produzieren. Dann lieber Whiskyliebhaberin." meinte sie lachend.

Jetzt öffnete sich der Vorhang und Sam kam mit dem nun als Geschenk verpackten Präsent zu uns heraus.

„Jetzt fällt mir gerade ein, Franz, hast du nicht auch bald einen Runden?" wollte er von mir wissen.

„Ui, Sam jetzt hast du mich erwischt. Stimmt, nächstes Jahr werde ich fünfzig. Ich habe mir dazu noch gar keine Gedanken gemacht. Soll man denn so etwas feiern? Was meint ihr?"

„Ja natürlich", meinte Frau Stöcklgruber entrüstet. „Fünfzig ist doch ein Ereignis, das man auf jeden Fall feiern sollte. Überleg doch mal, Franz. Wann hast du deinen Geburtstag so richtig mit Freunden und Bekannten gefeiert? Am vierzigsten hast du uns total ausgebremst: da bist du mit deiner Claudia an den Gardasee verschwunden. Frechheit! Wir hätten uns so auf ein schönes Fest gefreut! Also der fünfzigste wird auf jeden Fall groß gefeiert!"

Jetzt konnte ich natürlich nicht mehr zurück: „Also gut, wenn ihr meint, dann schau ich mal, wie und vor allem wo wir das feiern könnten. Ich verspreche euch, dass wir ein schönes und rauschendes Fest miteinander erleben werden. Ich habe auch schon eine Idee. Aber das verrate ich euch jetzt nicht!"

Ein bisschen spannend muss man es schon machen. Vielleicht kann ich auch eine passende Musik für den Abend finden. Das würde mir gefallen, dann wäre es auch nicht so langweilig, nicht nur rumsitzen und essen. Wie hat schon der Kaiser Franz gesagt: Schau'n mer mal, dann seng mas scho.

„Schön hast du unser Geschenk eingepackt", sagte ich an Sam gerichtet. „Jetzt müssen wir nur noch bezahlen. Kann ich auch mit Karte bezahlen?"

„Na klar", gab er leicht entrüstet zurück, „oder meinst du, wir sind noch hinterm Mond?"

Er gab mir das Geschenk und wir gingen gemeinsam in Richtung Kasse, wo eine nette Frau meine Karte entgegennahm und sie in das Kartenlesegerät einsteckte.

Nachdem alles erledigt war, verabschiedeten wir uns beide von Sam der abschließend noch bemerkte: „Hat mich sehr gefreut, dass ihr bei mir wart. Aber Franz, ich hoffe ich sehe dich bald mal wieder, nicht dass du bis nächstes Jahr zu deinem Fünfzigsten damit wartest, und sie natürlich auch, Frau Stöcklgruber."

Wir lachten alle amüsiert und ich versicherte ihm noch, dass ich auf jeden Fall bald mal wieder bei ihm aufkreuzen werde.

Ich hielt, als Kavalier der alten Schule, Mina natürlich die Türe auf und als wir im Freien standen, wandte ich mich an sie: „Mina, was hälst du davon, wenn wir uns noch einen Espresso, einen Prosecco oder auch ein Bierchen gönnen? Hier ums Eck gibt es ein tolles, kleines italienisches Lokal, das La Crema. Der Sandro, der Besitzer, ein waschechter Italiener, verwöhnt uns bestimmt, so wie ich ihn kenne. Was meinst du?"

„Oh, großartige Idee. Hätte ich jetzt richtig Lust dazu, nachdem uns der Sam so viel erzählt und vorgeschwärmt hat, kann ich etwas zum Trinken gut gebrauchen. Auf geht's!"

Wir gingen, also Frau Stöcklgruber ging und ich humpelte ihr hinterher, die Paar Meter in Richtung Oberer Stadtplatz und ich öffnete Mina galant die Eingangstüre vom La Crema. Es waren um die Zeit nicht mehr viele Gäste in dem kleinen Kaffee und so bekamen wir einen schönen Platz am großen Fenster mit Blick hinaus zum Oberen Stadtplatz.

Sandro schwebte auch schon heran und begrüßte uns herzlich. Ich stellte ihm noch meine Kollegin vor und er war erfreut, sie endlich kennenzulernen.

„Warum hast du mir hübsche Frau so lange vorenthalten und versteckt?" wollte er von mir in seinem italienischen Slang wissen.

„Ach Sandro, du weißt doch, bei Italienern muss man immer etwas vorsichtiger sein. Sie umgarnen die hübschen Damen mit ihrem Charm und ihren italienischen Sprüchen und kaum schaut man, hört man nur noch Amore, Amore, Amore."

Sandro lachte laut und amüsiert und meinte: „Ja, ja, Amore. Da du kannst haben recht. Schon lange her, dass …"

„Sandro, du alter Schlingel! Du änderst dich auch nicht."

„Na ja, ein bisschen schon. Ich muss öfters sitzen, Knie tun weh und … Aber jetzt: was darf ich bringen?"

„Also ich hätte gerne ein kleines Moretti und du Mina?"

„Ich denke, ein Gläschen Prosecco würde mir jetzt bestimmt guttun."

„Kommt sofort", erklärte Sandro und mit einer eleganten Bewegung schwang er sich hinter die Theke, um die Getränke zu holen.

„Schön ist es hier", bemerkte Frau Stöcklgruber. „Das ich das nicht früher bemerkt habe? Bin immer daran vorbeigegangen. Ist mir nie aufgefallen. Ah, da kommt er ja schon wieder. Ganz schön flott für sein Alter."

Sandro kam mit unserer Bestellung, servierte sie an unser Tischchen und stellte noch ein Schälchen mit Oliven und Erdnüssen dazu. „Lasst euch schmecken, buon appetito", wünschte er uns und entfernte sich wieder.

„Es ist schön, mit dir wieder einmal außerhalb unserer Arbeit den Abend zu genießen. Sollten wir öfter machen", prostete ich Frau Stöcklgruber zu.

„Ja Franz, da hast du wie immer total recht. Das Leben könnte so schön sein."

Wir unterhielten uns über dies und das und bemühten uns, nicht über die Arbeit zu reden, was uns bestens gelang.

Nachdem ich mein Bierchen ausgetrunken hatte, war leider ein zweites nicht mehr möglich, denn erstens musste ich noch fahren und zweitens wartete meine Claudia bestimmt schon mit dem Abendessen.

Ich bezahlte die beiden Getränke, Mina protestierte natürlich wie immer, doch das war es mir wert. Ich verabschiedete mich von Sandro und wollte das auch von Mina machen, aber sie meinte, sie bliebe noch auf ein zweites Gläschen Prosecco. Sie kann ja zu Fuß nach Hause gehen und der Sandro würde bestimmt auf sie aufpassen und außerdem würde es ihr so gut gefallen.

Unsere Frau Stöcklgruber! Schau mal an. Warum auch nicht? Daheim wartet niemand auf sie und ein bisschen Ablenkung tut doch auch gut.

Ich wünschte ihr noch einen schönen Abend und verließ gut gelaunt das ´La Crema`.

„Gut, dass du kommst, Franz. Wir hätten jetzt fast ohne dich angefangen", empfing mich meine Frau Claudia. „Und warum humpelst du, und wo sind deine schwarzen Halbschuhe?" Ich schilderte ihr kurz den Vorfall von heute Mittag und hoffte, damit doch etwas Mitleid zu bekommen, was aber nicht der Fall war.

Ich ging ins Schlafzimmer, behandelte meinen Knöchel nochmal mit der Salbe, wobei die Schwellung bereits merklich zurückgegangen war, zog mir noch etwas Bequemeres an und begrüßte meine Schwiegereltern, die bereits am gedeckten Tisch saßen.

„Was gibt es denn heute Gutes?" wollte ich von Claudia wissen.

„Wir waren heute Nachmittag sehr erfolgreich in den Schwammerln. Und daher gibt es: frisch gefundene Reherl, oder wie Papa und Mama zu sagen pflegen: Eierpilze, auf Bauernbrot mit Zwiebeln und Speck."

(das Rezept dazu auf Seite 224 im Nachspann)

„Mmmhh das freut mich. Eines meiner Lieblingsgerichte. Ich hoffe, es schmeckt euch auch", richtete ich die Frage an Hans-Peter.

„Na ja, men Dirn wird schon wissen, was sie uns da serviert, oder?"

„Aber Papa, natürlich. Lasst es euch schmecken, guten Appetit."

Und wie es uns allen schmeckte! Renate meinte, dass sie noch nie so gute Pilze gegessen habe und Hans-Peter kam aus den Ahhs und Ohhs gar nicht mehr heraus.

Ich erklärte Hans-Peter, dass seinem Undercover-Einsatz nichts mehr im Wege stand, da ich mit Frau Thalhofer telefoniert und sie mir bestätigt hatte, dass sie morgen ab 10:00 Uhr im Elypso beim Schwimmen sei. Hans-Peter freute sich wie ein kleines Kind und er meinte, dass es nach dieser freudigen Nachricht doch einen Lütten geben sollte.

„Ist denn der Bärwurz auch ein Lütter?" wollte ich von ihm wissen.

„Brrrr, nein bitte nicht, meen Jong. Ein kleiner Schnaps tut es doch auch", antwortete er entsetzt. „Ich glaube ich habe gestern zu viel davon gekippt."

Nach ein paar Schnäpsen, Williams Birne, und einigen Bierchen, waren wir alle redlich müde und ließen den Abend ausklingen.

Natürlich musste ich meinem Mann berichten, dass heute die Polizei bei uns in der Firma war. Er wollte sofort wissen, was der Grund dafür war. Ich berichtete ihm von dem Tod vom Artur und dass die Polizei irgendwie einen Hinweis bekommen hatte, die sie zu uns führten. Er murmelte irgendwas wie: ´ganz schön schnell` oder so. Genau habe ich es nicht verstanden. Mein Artur, ermordet! Mein Liebhaber, der Mann, der mich so glücklich machte. Hoffentlich haben die Kommissare nicht gemerkt, wie betroffen ich von der Nachricht zu seiner Ermordung war. Ich musste mich schon sehr zusammennehmen. Und jetzt?

Das ging wirklich schnell. So schlau hatte ich den Kommissar und seine Kollegin nicht eingeschätzt. Aber was solls. Auch wenn sie jetzt in der Firma Reifer rumschnüffeln, werden sie nichts finden, solange meine Frau dichthält. Nur wenn sie eins und eins zusammenzählt, dann könnte es brenzlig für mich werden. Ich muss mir etwas einfallen lassen. Es ist nicht einfach. Soll ich ihr erzählen, was wirklich passiert ist, oder eher nicht? Ich werde mich einmal vortasten und schauen, was sie weiß oder auch vermutet. Dann kann ich immer noch reagieren. Auf jeden Fall muss ich sie erst mal aus der Schusslinie bringen. Ein Kurztrip in den Bayrischen Wald zu einem Wellness Wochenende, das hatten wir schon lange geplant. Warum nicht jetzt?

„Es ist besser, gut zu sterben,
als schlecht zu leben"
(Buddha)

Ich öffnete die Türe des Präsidiums und ging die Treppen hoch. Da kam mir Frau Unholzer ganz aufgeregt entgegen.

„Guten Morgen Frau Unholzer. Was ist denn los? Was gibt es Neues?"

„Guten Morgen Herr Breslmaier. Haben sie noch nichts mitbekommen?"

„Was habe ich denn versäumt?"

„Staatsanwalt Doktor Hofer hat sich heute früh überraschend abgemeldet vom Dienst. Er ist unterwegs zu seinen Eltern nach Bochum. Was genau der Grund dafür ist, weiß ich noch nicht. Aber es klang sehr gestresst und wird doch etwas länger dauern, meinte er."

„Na das sind keine guten Nachrichten. Gibt es schon eine Vertretung für ihn? Hat der Oberstaatsanwalt schon etwas unternommen?"

„Wie ich gehört habe, hat Herr Oberstaatsanwalt Baier schon um eine Vertretung gebeten. Sie kommt aus Landshut und soll bis heute Mittag vor Ort sein."

„Mann oder Frau?“

„Weiß ich noch nicht. Lassen wir uns überraschen. Ist das für sie ein Problem?“

„Nein, sicher nicht. Warum auch. Wir müssen die Vertretung erst mal in den aktuellen Fall einführen und dafür brauchen wir Zeit, die wir momentan nicht haben. Aber, Frau Unholzer, sie könnten ihm oder ihr bereits die Akten vorab zukommen lassen. Dann ist er oder sie zumindest einigermaßen informiert. Dann muss ich nicht bei null anfangen. Kann ich auf sie zählen?“

„Na klar, Herr Breslmaier. Für sie doch immer gerne. Bis später.“

Damit verabschiedete sie sich und setzte ihren Weg nach unten weiter fort.

Ich schüttelte den Kopf und machte mich in Richtung meines Büros auf. `Was wird denn da bei Doktor Hofer passiert sein? Ich vermute, irgendetwas mit seinen Eltern, oder hatte er nicht auch Geschwister? Na, das werde ich sicher bald erfahren. `

Ich erreichte mein Büro und öffnete die Tür. Natürlich war Frau Stöcklgruber bereits da und lächelte mir freundlich zu. War ja nicht anders zu erwarten.

„Guten Morgen Franz. Hast du schon gehört ... ?“

Ich unterbrach sie und meinte: „guten Morgen, liebe Mina. Habe es gerade von Frau Unholzer mitgeteilt bekommen. Doktor Hofer hat sich abgemeldet und wir bekommen eine Vertretung. Da bin ich sehr gespannt. Und das gerade im unpassendsten Moment, wo wir ihn dringend gebraucht hätte. Na ja, was solls. Machen wir das Beste daraus."

„Absolut. Wir werden das Kind schon schaukeln. Was steht denn heute auf unserem Plan?"

„Wir wollten doch die Mitarbeiter der Firma Reifer vernehmen. Mal schauen, ob wir da etwas Neues erfahren. Dann müssen wir uns mit der Vertretung für Doktor Hofer treffen, um ihm oder ihr unsere bisherigen Ergebnisse zu präsentieren und zu besprechen. Na, ich bin echt gespannt, wer da kommt. Ach, übrigens, wie war denn dein Abend gestern? Bist du noch länger im ´La Crema` geblieben?"

„Na ja, schon ein bisschen länger. Hab auch noch jemanden kennengelernt und habe mich wirklich nett mit ihm unterhalten."

„Und dann?"

„Nichts und dann. Wir hatten einfach eine gute Zeit miteinander. Und heute Abend wollen wir uns im ´La Crema` wieder treffen. Freu mich schon darauf."

„Und wer ist er? Kenne ich ihn vielleicht?"

„Hey Franz, bist du ein bisschen eifersüchtig? Ich kenne bisher nur seinen Vornamen: Peter. Mehr weiß ich noch nicht von ihm. Muss auch nicht sein."

„Na, da bin ich gespannt, wie das weitergeht. Lass uns jetzt zur Firma Reifer fahren und hoffen, dass wir in unserem Fall weiterkommen. Los geht's."

Damit schnappte ich mir meine Mappe mit den Unterlagen und so gingen wir in Richtung Parkplatz, wo unser Auto stand. Wir kamen schnell voran und parkten unser Fahrzeug am Firmenparkplatz in Fischerdorf.

Wir läuteten am Eingang und nachdem wir uns vorgestellt hatten, wurde uns die Türe geöffnet. Wir gingen zum Empfangtresen und wurden von einer uns nicht bekannten, adretten Dame nett begrüßt. Ich schätzte ihr Alter auf etwa 45 Jahre, schlank, gute Figur und ein nettes, offenes Gesicht, das von dunklen Haaren eingerahmt war.

„Ich weiß, wer sie sind, und ich melde sie gleich bei Herrn Reifer an", meinte sie.

„Ja, das wäre nett", antwortete ich. „Aber wo ist denn Frau Sedlmaier-Winkler, die uns gestern begrüßte?"

„Frau Sedlmaier-Winkler hat heute überraschend Urlaub genommen. Mehr weiß ich auch nicht. Kommen sie, ich bringe sie zu Herrn Reifer."

Sie ging forschen Schrittes voran und wir folgten ihr. Wir wussten ja bereits, wo das Büro von Herrn Reifer zu finden war.

Sie klopfte an der Türe und meldete uns bei Herrn Reifer an.

Wir bedankten uns bei ihr und traten ein. Herr Reifer saß an seinem Schreibtisch, stand aber sofort auf, als wir eintraten.

„Guten Morgen, Kommissarin Stöcklgruber und Kommissar Breslmaier. Wie kann ich helfen?"

Guten Morgen Herr Reifer", antwortete ich. „Wir würden heute gerne ihre Angestellten zum Tod von Herrn Thalhammer befragen. Ist das möglich? Frau Sedlmaier-Winkler hat uns gestern bereits eine Liste ihrer Beschäftigten zukommen lassen. Wo ist sie denn übrigens? Wir haben erfahren, dass sie überraschend Urlaub eingereicht hat."

„Ja, stimmt. Sie hat gestern noch um einen Kurzurlaub angefragt, also den heutigen Tag frei. Natürlich habe ich ihr den genehmigt, Frau Roscher hat für heute ihren Job übernommen und der Freitag ist sowieso nur ein halber Arbeitstag."

„Hat sie ihnen erzählt, was sie vorhat?"

„Ja, sie wollte mit ihrem Mann zusammen ein Wellnesswochenende im Bayrischen Wald machen, was sie schon lange geplant hatten. Mehr weiß ich nicht."

„Ich denke, das reicht fürs erste. Sind sie mit der Befragung einverstanden?"

„Ja, natürlich. Alles, was zur Ermittlung beitragen kann, werde ich gerne unterstützen. Was benötigen sie?"

„Also, wir bräuchten zwei Räume, wo wir die Befragungen durchführen können und wenn uns ihre Sekretärin, wie hieß sie nochmal?"

„Frau Roscher."

„Ja, Frau Roscher uns helfen würde und die entsprechenden Personen zu uns bringen könnte."

„Ja natürlich, ich gebe Ihr Bescheid. Sie soll ihnen zwei Zimmer zuweisen und dann die gewünschten Personen zu ihnen bringen."

Er rief Frau Roscher über die Gegensprechanlage und erklärte ihr, was sie zu tun hätte.

Wir bedankten uns bei Herrn Reifer und versprachen, uns anschließend nochmal bei ihm zu melden. Wir standen auf und Frau Roscher, die inzwischen eingetreten war, nahm uns mit und zeigte uns die beiden Räume. Der eine war der Kantinenraum der Firma und der andere ein Besprechungszimmer. Ideal. Frau Stöcklgruber nahm das kleinere Besprechungszimmer und ich den großen Kantinenraum. Wir teilten uns noch die Liste der Angestellten auf und sagten Frau Roscher, welche wir als erste in welchem Raum haben wollten. Sie teilte uns noch mit, wie wir sie erreichen konnten und schon war sie verschwunden.

„Nette Person", meinte Frau Stöcklgruber. Ich nickte zustimmend.

„Die Fragen, die wir ihnen stellen, haben wir ja bereits gestern festgelegt. Bin gespannt, ob wir etwas Brauchbares herausbekommen. Komm lass uns loslegen", sagte ich noch zu Frau Stöcklgruber und war schon dabei, mich am nächsten Tisch zu platzieren.

„Auf gutes Gelingen", meinte Frau Stöcklgruber und mit einer freundschaftlichen Handbewegung ging sie in den ihr zugewiesenen Besprechungsraum.

Ich holte mir die vorbereiteten Vernehmungsformulare aus meiner Mappe und wartete auf den ersten Kandidaten.

Leider war die Vernehmung der Mitarbeiter der Firma Reifer kein großer Erfolg. Vielleicht hatte Frau Stöcklgruber mehr Erfolg. Und wirklich, nachdem wir mit der Befragung durch waren, trafen wir uns in ihrem Raum.

„Franz, ich glaube, ich habe etwas", begann sie ganz cool unser Gespräch. „Eine Mitarbeiterin hat Herrn Thalhofer und Frau Sedlmaier-Winkler, vor etwa zwei Wochen, in einer sehr verfänglichen Situation erwischt."

„Erzähl!"

„Na, sie wollte eine Zigarettenpause einlegen und ging dazu auf den rückwärtigen Teil der Fima, dort, wo die LKWs an- und abgeladen werden. Als sie gerade aus der Türe tritt, sieht sie die beiden in einer sehr intimen Umarmung. Sie meint sogar, dass es vielleicht auch noch mehr war. Aber das ist jetzt egal, denke ich. Sie würde sich natürlich auch als Zeugin zu Verfügung stellen, wenn wir sie brauchen. Also haben wir jetzt eine mögliche Spur, oder was meinst du?"

„Oh, ja" bestätigte ich ihre Ausführungen. „Haben die beiden sie gesehen?"

„Das weiß sie nicht, sie ist sofort wieder zurückgegangen, denn ihr war das total peinlich."

„Ja, kann ich verstehen. Also haben wir jetzt die Bestätigung für eine Verbindung zwischen Frau Sedlmaier-Winkler und dem getöteten Herrn Thalhofer. Ich denke, das sollten wir auf jeden Fall erst mal unter uns behalten. Und jetzt sieht das alles ein bisschen anders aus und der Hinweis auf die Firma Reifer war nicht umsonst. Gut, dass wir den Weg verfolgt haben. Jetzt gehen wir noch bei Herrn Reifer vorbei und dann ab ins Büro."

„Alles klar. Übrigens die Zeugin heißt", sie blätterte in ihren Unterlagen. „Frau Gelitzki, Marion Gelitzki. Arbeitet im Personalbüro."

„Wunderbar. Gut gemacht, liebe Mina."

Wir packten unsere Unterlagen zusammen und gingen ins Büro zu Herrn Reifer. Wir berichteten ihm von den Vernehmungen, natürlich ohne die Aussage von Frau Gelitzki zu erwähnen. Er war sichtlich erleichtert, dass wir nichts entdeckt hätten, was zu unserem Fall hätte beitragen können. Wir verabschiedeten uns von ihm und bedankten uns nochmal für sein Entgegenkommen. Wir gaben ihm noch unsere Visitenkarten und Frau Roscher begleitete uns bis zum Ausgang.

Es war inzwischen zehn Uhr und wir waren gespannt auf die Vertretung von Herrn Doktor Hofer, was uns erwarten würde.

Es war wenig Verkehr und so kamen wir schnell zur Polizeiinspektion. Wir gingen ins Gebäude und ohne Umwege bei Frau Unholzer vorbei.

„Und ist die Vertretung schon da?" wollte ich von ihr wissen.

„Ja, ja, ist schon da! Jung und hübsch", meinte sie.

„Aha, demnach eine Frau", stellte Frau Stöcklgruber sachlich neutral fest.

„Genau, gut bemerkt. Übrigens wartet sie schon auf euch. Also hopp, hopp."

Sie machte auffordernde Handbewegungen und wir wussten, was zu tun war. Wir fuhren mit dem Lift in das Stockwerk, in dem das Büro von Doktor Hofer zu finden war.

Wir meldeten uns bei der Sekretärin, Frau Hierl an, und sie bat uns, einzutreten.

„Ach übrigens", wollte ich von ihr noch wissen, „wie heißt denn die neue?"

„Frau Emlinger, Rosemarie Emlinger."

„Danke Frau Hierl."

Wir klopften noch kurz an und öffneten die Türe. Ich war überrascht, wie jung die Vertretung aussah. Etwa knapp über dreißig, kurze, blonde Haare, ein scharf geschnittenes Gesicht, sportliche Figur, eine schicke Kombination aus einem hellgrauen, knielangen Rock und einem hellgrünen Sakko, das farblich perfekt zum allgemeinen Erscheinungsbild passte.

„Ahh, die beiden Kommissare", begrüßte sie uns freundlich und gab uns beiden die Hand. „Schön sie kennenzulernen", fuhr sie fort. „Ich bin gespannt, was sie mir zum aktuellen Fall zu berichten haben. Kommen sie, setzen wir uns."

Wir nahmen am Besprechungstisch Platz und Frau Emlinger legte los: „Herr Breslmaier, Frau Stöcklgruber. Ich habe für Herrn Doktor Hofer die Vertretung übernommen, und wie sie sehen und auch gemerkt haben, ging dies sehr, sehr schnell. Natürlich ist es für beide Seiten nicht gerade angenehm, wenn in einem laufenden Fall der Staatsanwalt wechselt. Aber ich habe mich bereits in ihre Ermittlungen eingelesen und jetzt würde ich sie bitten, mich auf den neuesten Stand zu bringen. Übrigens, noch eins, ich bin sehr ehrgeizig, bei mir zählt nur: Erfolg, Erfolg, Erfolg. Und das erwarte ich auch von ihnen, ohne Kompromisse. Doch jetzt berichten sie mir."

Na, das war eine Ansprache. Ich war wirklich etwas perplex. Ich brauchte ein bisschen, um mich zu sammeln.

Ich schnaufte tief durch und begann: „Zunächst einmal, herzlich willkommen in Deggendorf, Frau Emlinger. Ich hoffe, wir ergänzen uns gut und bilden ein schlagkräftiges Team, um zu dem Erfolg zu kommen, den sie wünschen. Wir kommen gerade von der Befragung der Mitarbeiter der Firma Reifer und ich denke, wir waren sehr erfolgreich: eine Mitarbeiterin hat Herrn Thalhofer, das Mordopfer, in einer geplanten Zigarettenpause, vor etwa zwei Wochen, in flagranti mit Frau Sedlmaier-Winkler erwischt. Und was uns noch mehr überraschte: Frau Sedlmaier-Winkler hat um Urlaub gebeten und ist überraschenderweise zu einem Wellness-Wochenende in den Bayrischen Wald aufgebrochen, vermutlich zusammen mit ihrem Ehemann, Herrn Rudolf Sedlmaier. Natürlich ist das jetzt nur ein vager Verdacht, aber wir sollten dranbleiben. Was meinen sie, Frau Staatsanwältin?"

„Also, da bin ich ganz bei ihnen, Herr Kommissar. Es ist schon ein bisschen komisch, dass sich das Ehepaar Schnellberger, oder wie heißen sie?"

„Er heißt Sedlmaier und sie hat einen Doppelnamen: Sedlmaier-Winkler."

„Ah – OK, das Ehepaar Sedlmaier fährt überraschend zu einem Wellnessurlaub in den Bayrischen Wald. Ist das denn überhaupt lohnenswert? Wellness im Bayrischen Wald?"

„Und ob", mischt sich Frau Stöcklgruber jetzt in das Gespräch mit ein. „Da hat sich in den letzten Jahren unheimlich was getan. Sie würden die Hotels nicht wiedererkennen. Mindesten vier Sterne und dann diese Natur und die Umgebung! Sollten sie auch einmal testen. Und was die alles anbieten!"

„Na ja, alles zu seiner Zeit. Vielleicht habe ich einmal die Gelegenheit, dann komme ich auf sie zurück. Sie haben bestimmt einen guten Tipp für mich, oder?"

„Ja, natürlich, gerne" bestätigte Frau Stöcklgruber.

„Aber jetzt zurück zu unserem Fall. Wo sie hingefahren sind, wissen wir leider nicht, oder noch nicht. Wie können wir erfahren, wo sie abgestiegen sind?"

„Das wird sicher schwierig", bemerkte ich. „Wir könnten uns mal in ihrem Bekanntenkreis umhören, ob es da einen Hinweis gibt. Mehr können wir, denke ich, nicht unternehmen."

„Also gut, Herr Breslmaier, Frau Stöcklgruber. Machen sie das. Vielleicht hat jemand aus dem Umfeld den entscheidenden Hinweis. Ach ja, was ich von ihnen noch brauche: wo kann man denn in Deggendorf gut und günstig übernachten? Vielleicht sogar in der Nähe der Polizeiinspektion, so dass ich am Morgen zu Fuß hierherkommen kann?"

„Mein Vorschlag wäre entweder Gasthof Höttl oder das Hotel Donauhof. Beides sehr gepflegte und beliebte Hotels, wobei ich persönlich eher den Donauhof bevorzugen würde, preislich super und vor allem ruhiger als der Gasthof Höttl. Wobei … beim Höttl wurde ein neuer Wellnessbereich eingebaut, der seines Gleichen sucht. Ein Swimmingpool über den Dächern von Deggendorf! Was meinen sie?"

„Also ich bin eher für Ruhe und gutem Schlaf", meinte Frau Emlinger. „Können sie für mich ein Einzelzimmer im Donauhof buchen? Bitte mit Frühstück und jetzt erst mal für eine Woche mit der Möglichkeit zu verlängern. Geht das in Ordnung?"

„Na klar, gerne", erwiderte ich. „Ich kenne den Besitzer sehr gut, den Georg Müllerhofer. Ich rufe ihn gleich an und gebe ihnen Bescheid."

„Danke Herr Breslmaier. Ach übrigens wäre es nicht nett, wenn wir zusammen eine Kleinigkeit zu Mittag essen würden, um sich besser kennenzulernen? Ich würde sie beide einladen. Was halten sie davon?"

„Na gerne", antwortete ich. „Für eine kleine Mittagskarte wäre das Vis a Vis ideal. Nicht weit von hier entfernt, gut zu Fuß zu erreichen. Was meinen sie, Frau Stöcklgruber?"

„Natürlich, ich bin mit dabei. Freue mich."

„Wir treffen uns um 12:00 Uhr am Ausgang unten. Ist das in Ordnung für sie?" bemerkte Frau Emlinger abschließend.

Wir stimmten ihr zu und verabschiedeten uns von der neuen Staatsanwältin und gingen zurück zu unserem Büro.

„Ganz schön forsch, die neue Staatsanwältin", sagte ich zu Frau Stöcklgruber. „Gefällt mir. Habe ich dir übrigens erzählt, dass heute meine Kinder kommen? Sie wollen Opa und Oma sehen, wenn die uns schon mal besuchen. Meine Frau holt sie vom Bahnhof ab."

„Na, das ist doch schön. So oft siehst du deine Kinder auch nicht, oder?"

„Leider viel zu selten und sie haben inzwischen ihr eigenes Leben. Studieren, Freunde und eigenes Zimmer. Da gibt es immer etwas zu tun."

Ich hielt ihr die Tür zu unserem Büro auf und wir traten ein.

„Na klar, verstehe ich", bemerkte sie, während sie sich an ihren Schreibtisch setzte. „Ich ergänze noch unser Flip Chart, damit wir auf dem aktuellen Stand sind. Den Herrn Sedlmaier hatten wir bisher nicht auf unserer Rechnung."

Sie stand auf und schrieb den Herrn Rudolf Sedlmaier als neuen Verdächtigen und die Frau Sedlmaier-

Winkler auf unser Flip Chart. Jetzt hatten wir endlich eine Spur, die wir verfolgen konnten.

Ich rief auch noch im Donauhof an. Ich hatte Glück und Georg Müllerhofer war am Telefon.

„Hallo Georg, ich bin´s, der Breslmaier Franz.“

„Ach Franz, grüß dich. Lange nichts mehr von dir gehört. Was kann ich für dich tun?“

„Ich bräuchte für unsere neue Staatsanwältin ein Einzelzimmer für eine Woche mit eventueller Verlängerung.“

„Kein Problem, Franz. Mach ich gerne. Ein Einzelzimmer mit Frühstück für eine Woche ab, wann?“

„Ab sofort, ab heute.“

„Geht klar, habe ich. Auf welchen Namen darf ich reservieren?“

„Emlinger, Rosemarie Emlinger. Sie kommt aus Landshut und ist die Vertretung von unserem Staatsanwalt Doktor Hofer, der überraschenderweise zu seiner Familie ins Rheinland musste. Wir wissen auch noch nicht, wie lange er weg ist, deshalb die eventuelle Verlängerung. Du machst ihr doch einen guten Preis?“

„Ja, natürlich, Freundschaftspreis, ist doch selbstverständlich.“

Damit verabschiedete ich mich von ihm und wünschte ihm noch einen schönen Tag. Auftrag erledigt.

Ich weiß nicht, wie ich vorgehen soll. Ich denke, ich werde vorerst einmal ein Gespräch versuchen. Vielleicht hat sie noch keinen Verdacht. Im besten Fall können wir uns arrangieren, wie immer das auch aussieht. Wenn nicht …… tja dann ….. vielleicht ein kleiner Ausflug zum Baumwipfelpfad nach Neuschönau. Kenne ich sehr gut, da war ich schon des Öfteren beim Wandern. Zwanzig Meter Höhe sollte genügen. Aber das wäre die endgültige und finale Lösung. Ein unglücklicher Unfall, zu weit nach vorne gelehnt, ich konnte sie leider nicht mehr halten …… Doch zunächst das Gespräch. Ich warte mal eine günstige Gelegenheit ab.

Ich bin hin- und hergerissen. Er ist so charmant wie schon lange nicht mehr. Und das Hotel ist einfach klasse! Eigentlich fühle ich mich sehr wohl, wenn nicht, ja wenn nicht der Verdacht nach wie vor an mir nagen würde. Wenn er mich bedroht, habe ich immer noch die E-Mail-Adresse vom Kommissar Breslmaier, um ihn um Hilfe zu bitten. Aber so weit ist es noch nicht. Mein Mann ein Mörder? Ich kann es irgendwie nicht glauben. …. einiges spricht dafür …..

Ich konnte an meinem PC doch einiges über Herrn Sedlmaier eruieren. Er ist selbständiger Online-Händler und vertreibt Autozubehör. Ich rief seine Homepage auf und wühlte mich durch seine Angebote. Sie war gut und professionell aufgemacht und ich konnte mir vorstellen, dass er sehr erfolgreich unterwegs ist. Er ist auch in verschiedenen Vereinen aktiv: Waldverein, TSV Deggendorf, Ski- und Bike. Also ganz schön umtriebig, der Herr Sedlmaier.

Nachdem wir beide noch einiges am PC erledigt hatten, war es Zeit zum Aufbrechen. Wir trafen uns mit Frau Emlinger, wie verabredet, pünktlich am Ausgang und gingen in Richtung Innenstadt zum Vis a Vis. Es war viel los, aber wir fanden einen netten Platz im hinteren Bereich.

Ich setzte mich zwischen die beiden Damen und legte mein Handy vor mich auf den Tisch. In diesem Moment machte es sich bemerkbar und meldete eine eingehende SMS.

„Darf ich?" fragte ich die Staatsanwältin.

„Ja, machen sie nur. Wir schauen inzwischen in die Speisekarte."

Ich nahm mein Handy und öffnete die Nachricht: 'Hilfe Oswald Kaik`.

Uff .... Was war denn das? Ich reichte mein Handy an Frau Emlinger weiter und meinte: „Frau Emlinger, schauen sie mal, ich kann mir noch keinen Reim darauf machen, was das sein soll und wer das sein könnte."

„Na, das klingt schon sehr verzweifelt, finden sie nicht, Herr Breslmaier?"

„Absolut", erwiderte ich „die Person scheint sich in einer echten Notsituation zu befinden. Und dann auch noch an mich gerichtet."

„Lass mal sehen", mischte sich nun Frau Stöcklgruber mit ein. Sie übernahm das Handy von Frau Emlinger und schaute gespannt auf das Display.

„Wisst ihr, was ich vermute? Ich könnte mir vorstellen, dass Frau Sedlmaier-Winkler sich bedroht fühlt und dich um Hilfe bittet. Aber das ist nur eine Spekulation. Wir sollten die Handynummer von Frau Unholzer prüfen lassen, damit wir sicher sein können, dass die SMS auch von Frau Sedlmaier-Winkler verschickt wurde. Übrigens, was heißt ´Oswald Kaik`?"

In der Zwischenzeit war die Bedienung zu uns an den Tisch getreten und wollte unsere Bestellung aufnehmen.

„Wisst ihr schon, was ihr nehmt?" fragte ich die beiden Damen.

„Ja", antwortete Frau Emlinger „ich nehme den ´Ofenkartoffel mit Pilzen` und ein Glas Wasser, sprudelnd", an die Bedienung wendend.

„Einmal den ´Caesar Salad` und auch ein Glas Wasser, bitte still", bestellte Frau Stöcklgruber und gab der Bedienung die Speisekarten zurück.

„Also ich nehme die ´Gnocchi Vis a Vis` und ein alkoholfreies Weizen", orderte ich mein Lieblingsgericht im Vis a Vis.

„Nun nochmal zurück zu unserer SMS", führte ich meine Überlegungen fort. „Ich telefoniere jetzt mit Frau Unholzer und schicke ihr die SMS, damit sie den Besitzer der Nummer herausfinden kann. Das sollte schnell gehen und dann müssen wir uns überlegen, wie wir darauf reagieren oder was wir unternehmen."

Ich wählte die Nummer von Frau Unholzer und erklärte ihr den Sachverhalt. Sie wollte sich, sobald sie meine Nachricht hat, sofort darum kümmern. Sollte nicht lange dauern.

Also schickte ich die SMS an ihre Adresse und meinte: „Alles erledigt. Ah, da kommt die Bedienung mit unseren Getränken."

Nachdem die Bedienung uns mit Wasser und Weißbier versorgt hatte, prosteten wir uns zu und tranken erst mal einen großen Schluck. Ich hatte wirklich großen Durst, wie ich jetzt feststellte.

Die Bedienung kam mit unserem Essen und wir genossen es schweigend. Meine Gnocchi waren wieder ein Gedicht! Ich wusste schon, warum ich im Vis A Vis immer das gleiche bestellte.

„Und wie schmeckts?" wollte ich von den Damen wissen.

„Hervorragend", antwortete Frau Emlinger „genau das richtige für heute Mittag. Und bei ihnen Frau Stöcklgruber?"

„Passt wunderbar, nicht zu viel und nicht zu wenig", bemerkte Frau Stöcklgruber kauend.

Genau, nachdem wir alle fertig gegessen hatten, meldete sich mein Handy. „Na, das nenne ich mal eine Punktlandung", gab ich freudig von mir. „Frau Unholzer hat mir eine SMS geschickt und ihr werdet es nicht glauben: das Handy, mit der die SMS verschickt wurde, gehört Frau Sedlmaier-Winkler. Jetzt haben wir ein Problem."

„Ich glaube, ich weiß, was ʹOswald Kaikʹ heißt", begann Frau Stöcklgruber.

„Und was denkst du?" fragte ich sie interessiert.

„Hotel Oswald in Kaikenried. Ein Vier-Sterne Hotel der Superklasse. Toller Wellnessbereich und traumhafte Lage. Ich war dort für eine Nacht. Ist natürlich nicht meine Gehaltsklasse, aber ich habe es zu meinem dreißigsten Geburtstag von meinen Eltern geschenkt bekommen. Ist doch ein großartiges Geschenk, oder?"

„Solche Eltern hätte ich auch gerne", stellte ich fest. „Dann wissen wir jetzt, wo sie höchst wahrscheinlich abgestiegen sind. Und nun?"

Jetzt mischte sich Frau Emlinger mit ein: „Also, wenn ich mal einen Vorschlag machen darf: ich würde sagen, Frau Stöcklgruber mietet sich im Hotel mit ein und passt auf, dass der Frau Sedlmaier-Winkler nichts passiert. Sie informiert uns umgehend, wenn etwas Außergewöhnliches vor sich geht. Wir, Herr Breslmaier und ich, sind Gewehr bei Fuß und sind sofort zur Stelle, wenn sie uns braucht. Was meinen sie dazu?“ Dabei wandte sie sich an Frau Stöcklgruber.

„Ja, wenn sie meinen, mache ich das natürlich gerne. Frau Sedlmaier-Winkler kennt mich ja bereits, wir waren gestern in der Firma Reifer und haben mit ihr ausführlich gesprochen. Ich denke, das ist gut so, denn dann weiß sie, dass wir uns um sie kümmern, wenn etwas passieren sollte. Ich denke, ich nehme zur Sicherheit auch meine Pistole mit. Was meinen sie, Frau Emlinger?“

„Ja, auf jeden Fall. Man weiß ja nie, was passiert und da sollten wir auf jeden Fall gerüstet sein. Und bitte: informieren sie uns sofort, wenn ihnen etwas Ungewöhnliches auffällt. Wir sind sofort und schnellstmöglich zur Stelle, wenn sie uns brauchen. Also keine Alleingänge!“

„Ja, habe ich verstanden“, antwortete Frau Stöcklgruber.

„So, ich muss sagen, das war eine sehr gute Idee, hierher zum Essen zu gehen. Ich denke, es hat uns allen sehr gut geschmeckt, also mir auf jeden Fall. Können wir gerne wiederholen. Ich gehe mal an die Theke zum

Bezahlen. Ist der Mann hinter dem Tresen der Chef des Lokals?"

„Ja", bestätigte ich ihre Frage. „Das ist Matthias, er führt das Lokal zusammen mit seinem Bruder. Und der ist in der Küche und bereitet diese tollen Speisen zu."

Pünktlich um 10:00 Uhr betrat Hans-Peter den Badebereich. Er hatte bereits in seine grün-gelbe Badeshorts an und hängte sein Handtuch an den dafür vorgesehenen Haken.

Frau Thalhofer hatte einen dunkelblauen, einteiligen Badeanzug an, der ihre Figur sehr gut zur Geltung brachte und sich wie eine zweite Haut anschmiegte. Sie war gerade dabei, über die Leiter in das Wasser zu steigen, als Hans-Peter sie entdeckte. Franz hatte sie mehr als ausreichend beschrieben. Und er hatte nicht übertrieben, sie sah wirklich verdammt gut aus. Aber wie sollte er jetzt zwanglos und ohne zu aufdringlich zu werden, mit ihr ins Gespräch kommen?

Da kam ihm der Zufall zu Hilfe: Frau Thalhofer hatte begonnen, in dem Bereich, der durch Ketten abgetrennt war, ihre Bahnen zu schwimmen, als ihr ein junger Mann entgegenkam, der ihr offensichtlich in ihrer Bahn zu nah kam und sie daher dem Jungen nur mit Müh und Not ausweichen konnte. Dabei musste sie einiges an Wasser geschluckt haben, denn mächtig prustend kam sie wieder zu sich und beschimpfte, nachdem sie wieder Luft geholt hatte, den Rowdy, der sich aber keiner Schuld bewusst war und seelenruhig weiterschwamm. Jetzt war Hans-Peters Auftritt gekommen. Er kraulte zu dem frechen und aufmüpfigen Schwimmer und ermahnte ihn so laut, dass alle Schwimmer um ihn herum das hören mussten. Kleinlaut machte er sich anschließend davon und Hans-Peter schaute sich um, wo Frau Thalhofer abgeblieben war. Er entdeckte sie und schwamm auf sie zu.

„Ich hoffe, das hat gesessen und er passt das nächste Mal besser auf", begrüßte er sie.

„Vielen Dank", meinte sie, „es werden ja immer mehr rücksichtslose junge Leute, die meinen, das Elypso gehöre ihnen. Dem haben sie richtig die Meinung gesagt:"

„Der hatte es auch wirklich nötig. Ihnen so zuzusetzen. Unverschämt. Eigentlich sollte man ihn dem Bademeister melden. Aber ich denke, fürs erste sollte der Anpfiff reichen, oder was meinen sie?"

„Ja, ich denke auch, dass das erstmal reicht. Darf ich sie, als Dank für ihre Hilfe, zu einem Drink an der Bar einladen?"

„Ja, das Angebot nehme ich natürlich gerne an."

„Kommen sie, schwimmen wir zurück. Ich habe mein Handtuch da vorne abgelegt."

Na, das lief ja perfekt für Hans-Peter. Er schwamm hinter Frau Thalhofer zurück zur Leiter und er ließ ihr den Vortritt beim Rausklettern.

Sie trockneten sich beide ab und Frau Thalhofer ging voraus in Richtung der Bar. Sie war kaum besetzt, so dass sie einen schönen Platz mit Blick auf den Schwimmbereich bekamen.

„Was darf ich ihnen bringen?" meinte sie freundlich.

„Also ich hätte jetzt gerne ein Deggendorfer Weißbier, wenn sie eins haben."

„Schaun ma mal, bin gleich wieder zurück", sagte sie und eilte in Richtung der Theke, um die Getränke zu ordern.

´Was für eine tolle Erscheinung` dachte sich Hans-Peter, der Schwerenöter. Aber er war ja in geheimer Mission unterwegs, eigentlich Undercover. Demnach musste er einiges von seinem Charme auspacken, um die an wichtigen Informationen zu kommen. Und das diente allein dem Lösen des aktuellen Falls.

Frau Thalhofer kam zurück mit einem Weißbier und einem Aperol Spritz. Sie stellte das Weißbier ab und meinte: „Na, dann Prost und nochmals vielen Dank für ihre spontane Hilfe."

Sie setzte sich gegenüber und sie prosteten sich zu.

Das Bier schmeckte vorzüglich, er wischte sich den Schaum vom Mund ab und sagte genüsslich: „Mmhh, das Deggendorfer Weißbier ist einfach super. Wenn wir schon so gemütlich zusammensitzen, wäre es doch schön, wenn man sich mit Namen anreden könnte, das bin ich von uns zuhause auch so gewohnt. Im Norden, bei uns in Kiel, sieht man das alles viel lockerer. Darf ich sie nach ihrem Namen fragen? Ich hoffe, das ist nicht zu aufdringlich?"

„Nein, überhaupt nicht. Sie haben ja recht. Also ich bin die Aurelia, Aurelia Thalhofer. Wenn ich sie so höre, dann würde ich vermuten, dass sie nicht aus Bayern sind, oder?"

„Also ich bin der Hans-Peter, Hans-Peter Sievers und es stimmt, ich komme aus Kiel. Meine Tochter hat hier nach Deggendorf geheiratet und deshalb sind wir auch da, um sie und die Enkelkinder wieder mal zu sehen. Und sie? Eine so gutaussehende Frau ganz allein beim Schwimmen?"

„Ja leider, mein Mann ist erst vor ein paar Tagen verstorben und jetzt versuche ich, mich mit meinen üblichen Tagesabläufen abzulenken und wieder in ein normales Leben zurückzufinden."

„Oh, das tut mir echt leid. Mein Beileid."

„Na ja, so schlimm ist es auch wieder nicht. Mein Mann und ich hatten uns in den letzten Jahren doch etwas auseinandergelebt, wenn du verstehst, was ich meine. Jeder hatte seine Freiheiten und mein Mann, der Artur, nutzte das vehement und ausgiebig aus. Nach Außen waren wir das glücklich verheiratete Paar, aber real war dies nur noch eine Schutzhülle und sonst nichts. Jeder hatte seinen Beruf, in den er sich einbrachte und der ihn forderte, und sonst? Nichts."

„Und Kinder?"

„Nein, Artur wollte das nicht. Also blieben wir allein. Sehr schade, ich hätte gerne Kinder gehabt. Und du?"

„Ich habe zwei Kinder, einen Sohn und eine Tochter und wir sind sehr glücklich damit. Ich könnte mir das nicht vorstellen, ohne Kinder. Aber jeder denkt da etwas anders. Ist halt so und ist auch gut so. Und du, liebe Aurelia, bist du deinem Mann immer treu geblieben?"

„Na, was denkst du denn. Natürlich! Chancen hätte ich viele gehabt, doch ich wollte einfach nicht. Mein Artur war da anders. Er ließ keine Möglichkeit aus, soviel ich weiß und mitbekommen habe."

„Das verstehe ich nicht, bei so einer gutaussehenden und intelligenten Frau wie du! Sag mal, hast du von seinen Eskapaden etwas mitbekommen?"

„Ja natürlich. Immer wieder. Warum willst du das wissen?"

„Damit ich besser verstehe, wie du damit umgegangen bist. Das finde ich sehr interessant. Und hast du auch etwas von seiner letzten Affäre bemerkt?"

„Ja, auch von seiner letzten Affäre. Und das hat mich total wütend gemacht."

„Warum?"

„Weil es so offensichtlich war und er sich nicht bemühte, es vor mir zu verheimlichen. Er hatte sogar ein Foto von ihr in seinem Sakko!"

„Nein! Unglaublich. Und, kanntest du sie?"

„Nein, ich muss sagen, sie sah wirklich gut aus, zumindest auf dem Foto. Und hinten drauf war eine Widmung von ihr: ´für meinen liebsten Albert`, mit Kussmund! Ist das nicht abscheulich?"

„Ja, das muss man wohl sagen. Und hast du das Foto wieder zurückgesteckt?"

„Ja, natürlich. Wir hatten doch vereinbart, dass jeder von uns seine Freiheiten in Anspruch nehmen kann. Aber ich habe ein Foto mit meinem iPhone gemacht, warum, weiß ich auch nicht, mir war einfach danach."

„Kann ich gut verstehen, liebe Aurelia. Hätte ich wahrscheinlich auch so gemacht."

„Hans-Peter, wie spät ist es denn?"

„Halb zwei, wieso fragst du?"

„Ich muss um zwei Uhr zuhause sein. Ich habe einen Termin mit dem Bestattungsunternehmen. Sehr wichtig. Schade, war sehr schön mit dir zu plaudern, und überhaupt, dich kennenzulernen."

„Das Vergnügen war ganz auf meiner Seite, liebe Aurelia."

„Nächsten Freitag, zehn Uhr? Treffen wir uns wieder zum Schwimmen?“

„Ja, sehr gerne. Ich freue mich. Übrigens die Getränke übernehme ich, du bist natürlich eingeladen. Wann hat man schon mal so eine nette Gesellschaft.“

„Oh, tut das gut. Ich freue mich.“

Sie stand auf und schüttelte ihm die Hand.

„Bis nächste Woche“, gab sie noch freundlich zurück und verschwand in Richtung der Umkleideräume.

Hans-Peter trank noch in Ruhe sein Bier aus, zahlte die Getränke und schwamm noch eine Runde im großen Becken. Der Auftrag war erledigt. Hatte ihm richtig Spaß gemacht. So eine außergewöhnliche Frau. Jetzt wollte er möglichst bald Bericht erstatten. Hatte doch einige wichtige Punkte erfahren. Er war gespannt, was sein Schwiegersohn dazu sagen würde.

Gut gelaunt gingen wir zurück in Richtung Polizeipräsidium. Dabei wandte sich Frau Emlinger, die neben mir ging, an mich und meinte: „Sagen sie mal Herr Breslmaier. Sie sind doch offiziell Hauptkommissar. Warum spricht sie jeder nur mit Kommissar an?“

„Tja, ich lege persönlich keinen Wert auf Titel. Ich bin ganz zufrieden, wenn man mich mit Kommissar anspricht. Es ändert ja auch nichts an meiner Person, oder?"

„Natürlich haben sie recht, aber offiziell müsste ich sie rügen. Hat Herr Doktor Hofer denn das akzeptiert?"

„Nach einigem Hin und Her hat er das mit Zähneknirschen durchgehen lassen. Doch auch er hat mich darauf hingewiesen, dass es nicht in Ordnung wäre. Das ist jetzt sicher schon mindestens zwei Jahre her. Und jeder hier kennt mich als Kommissar Breslmaier, und das ist gut so, oder Frau Stöcklgruber?"

„Absolut", pflichtete sie mir bei. „Wichtig ist doch die Person und nicht irgendein Titel oder Name. Und der Franz ist und bleibt der Kommissar Breslmaier."

„Also gut", meinte Frau Emlinger „ist akzeptiert. Ich wollte es nur wissen und sie darauf hinweisen. Dann sind sie auch für mich: der Kommissar Breslmaier. Aus, Äpfe, Amen."

Damit war das Thema beendet. War doch irgendwie sehr sympathisch, diese Frau Emlinger.

„…. Ach übrigens sollten wir noch unsere Kontaktdaten austauschen, nicht dass wir Probleme haben, uns gegenseitig zu erreichen, wenn etwas passiert", fügte sie noch hinzu. Und da hatte sie wirklich recht, hätten wir fast vergessen. Aber das holten wir schnell nach.

Anschließend verabschiedeten wir uns von ihr.

„Na Mina, was meist du? Ganz schön taff diese neue Staatsanwältin, oder?"

„Und ob. Sie denkt sehr geradlinig und effektiv. Das gefällt mir. Und zum Essen hat sie uns auch schon eingeladen. Das gab es bei Herrn Doktor Hofer eher selten."

„Bisher eigentlich nie, oder?"

„Wenn ich so überlege ..... stimmt, vielleicht lässt sich das ja noch ändern, wenn wir ihm, wenn er wieder da ist, von der Einladung von Frau Emlinger, so ganz nebenbei, berichten. Wie gut und wie schön es war. Was meinst du dazu?"

„Gute Idee. Bin gespannt, ob es fruchtet."

In der Zwischenzeit waren wir in unserem Büro angekommen. Ich hängte mein Sakko auf, setzte mich an meinen Schreibtisch, und fuhr meinen PC hoch. Da läutete mein Festnetztelefon. Frau Unholzer rief an.

„Karin, was gibt's?"

„Mahlzeit Herr Kommissar. Ich habe sie gerade beim Hereingehen gesehen. Sie sollten dringend ihren Schwiegervater zurückrufen. Er wollte sie nicht in ihrer Mittagspause stören. Sehr rücksichtsvoll. Alte Schule."

„Mache ich sofort. Vielen Dank." Damit beendete ich das Gespräch und wählte meine Nummer von zuhause. Meine Frau Claudia meldete sich.

„Hallo Franz. Na, was gab´s bei dir heute zu Mittag?" wollte sie wissen.

„Wir waren von der neuen Staatsanwältin zum Mittagessen eingeladen, im Vis a Vis."

„Na, ihr lasst es aber krachen. Und wie wars?"

„Mmmmhh sehr gut. Du weißt doch, die Gnocchis sind immer eine Sünde wert. Und, was will Hans-Peter von mir?"

„Warte, ich hole ihn schnell ans Telefon." Sie legte den Hörer beiseite und ich konnte hören, wie sie mit Hans-Peter redete.

„Moin moin, lieber Franz. Alles paletti bei dir?"

„Ja, alles in Ordnung. Was hast du denn für Neuigkeiten für mich?"

„Also diese Frau Thalhofer, eine großartige Frau mit Niveau. Habe mich mit ihr angefreundet und einiges erfahren, was für dich, oder euch, sicher sehr interessant sein dürfte."

„Jetzt mach es doch nicht so spannend. Was hat sie denn dir erzählt, was wir noch nicht wussten?"

„Also ....", er machte eine längere Pause „sie hat mir mitgeteilt, dass sie im Sakko ihres Mannes ein Foto entdeckt hat, von einer Frau. Und auf der Rückseite stand: ´für meinen lieben Artur` oder so. Genau weiß ich es nicht mehr. Aber jetzt kommt´s: sie hat ein Foto davon gemacht. Von vorne und von hinten, mit ihrem iPhone."

Mir verschlug es richtiggehend den Atem. Das war ein absolut wichtiger Baustein in unserem Fall.

„Also, Hans-Peter, ich weiß gar nicht, was ich sagen soll. Das Foto muss ich haben! Ich werde mich gleich auf den Weg zu ihr machen."

„Aber Franz, du darfst mich bitte nicht erwähnen, dass ich .."

„Nein, nein, natürlich nicht. Ich muss das ganz geschickt anstellen, das schaffe ich schon. Da kannst du dich ganz auf mich verlassen. Zu hundert Prozent."

„Da bin beruhigt. Dann mal los. Bin gespannt, wie du das schaffst. Übrigens habe ich mich mit ihr nächsten Freitag wieder zum Schwimmen verabredet. War wirklich sehr nett."

„Na, da musst du mir heute Abend noch mehr erzählen, du alter Charmeur."

„Alles klar. Bis dann, moin moin."

Damit verabschiedete er sich und ich legte den Hörer auf.

„Stell dir vor, Philomena", wandte ich mich an sie. „Unser Undercover Agent Hans-Peter hat wirklich perfekt funktioniert. Laut Aussage von Frau Thalhammer, hat sie ein Foto von einem Bild gemacht, das sie im Sakko ihres Mannes gefunden hat, mit einer Widmung hinten drauf! Irgendwas wie: ´für meinen Liebling Artur` oder so. Wenn das auf dem Bild die Frau Sedlmaier-Winkler ist, dann schließt sich der Kreis und davon gehe ich aus. Ich muss unbedingt so schnell als möglich zu ihr und das Foto sehen.“

„Langsam, langsam, Franz. Nichts übereilen. Wie willst du das bewerkstelligen? Wir kamen auch so nicht an sie heran. Und jetzt soll sie dir das Foto zeigen, das sie in eine schlechte Position bringt?“

„Na ja, irgendwie werde ich das schon schaffen. Auf keinen Fall darf ich meinen Schwiegervater ins Spiel bringen. Ist so schon schwierig genug. Eigentlich bist du die Beste für solche Fälle. Doch du hast ja jetzt einen anderen, sehr wichtigen Einsatz.“

„Du musst sie überzeugen, dass das Foto nicht nur den Fall lösen könnte, sondern dass auch sie selbst großen Nutzen davon hat, es dir zu zeigen. Sie kann ihren Seelenfrieden finden, sie kann, so wie auch hoffentlich wir auch, den Fall abschließen. Sie kann uns helfen, den Mörder zu finden. Wenn du das alles ihr, in einem ruhigen und bestimmenden Ton, sagst, dann sollte sie von sich aus bereit sein, die das Foto zu zeigen. Nicht aggressiv, eher einfühlsam. So wie ich das immer wieder mache. Na, du weißt schon.“

„Ja, kenne ich bestens. Ich werde es versuchen. Aber jetzt solltest du nach Hause fahren und deinen Koffer packen. Ich denke, je früher du in Kaikenried bei Frau

Sedlmaier-Winkler bist, umso besser, bevor noch etwas passiert. Man weiß ja nie."

„Alles klar. Ich nehme auf jeden Fall auch meine Pistole mit, Handy ganz wichtig und meinen Ausweis, den habe ich sowieso immer mit dabei."

Sie stand auf und zog sich an. „Also dann, Franz, bis demnächst. Ich halte euch auf jeden Fall auf dem Laufenden. Ciao, und viel Erfolg."

„Ja Mina, dir auch und pass auf dich auf, nichts unternehmen, was dich in Gefahr bringen könnte. Aber das weißt du sowieso besser. Ciao."

Ich hob noch grüßend die Hand und schon war sie verschwunden. Ich schnaufte erst mal tief durch und überlegte, wie ich an die gewünschten Informationen von Frau Sedlmaier-Winkler kommen könnte. Gar nicht so einfach. Ich musste auf jeden Fall ihr Vertrauen gewinnen, alles andere sollte dann von selbst kommen.

Ich stand vorsichtig auf, mein Knöchel tat doch noch etwas weh. Gott sei Dank passte mein Fuß wieder in den Schuh. Ich schnappte mir mein Sakko und ging nach unten zu meinem Auto. Auf dem Weg holte ich mein Handy aus meiner Tasche und wählte die gespeicherte Nummer von Frau Thalhofer.

Sie meldete sich umgehend und war mit meinem Kommen einverstanden. Also nichts wie los.

Ich klingelte und Frau Thalhofer meldete sich über die Sprechanlage und bat mich herein. Sie sah wieder perfekt aus, hatte ein graues T-Shirt und blaue Jeans an, die ihr sehr gut standen.

„Hallo Herr Kommissar, schön sie zu sehen. Übrigens ihr Tipp mit dem Beerdigungsinstitut war super. Sehr kompetente und vertrauenswürdige Mitarbeiter, die mir sehr geholfen haben. Was führt sie heute zu mir?"

„Frau Thalhofer ich habe noch einige Fragen an sie, die uns seit gestern beschäftigen."

Sie bat mir den Platz am Esstisch an und bot mir noch einen Kaffee oder Tee an.

„Eine Tasse Kaffee wäre jetzt perfekt", antwortete ich.

Sie verschwand in der Küche und ich hörte sie klappern. Kurze Zeit später kam sie mit einem Tablett und verteilte die beiden Tassen mit ein paar Keksen auf einem separaten Teller.

Sie setzte sich gerade hin und begann: „Also Herr Kommissar, wie kann ich ihnen helfen?"

„Liebe Frau Thalhofer, ich finde das toll, wie sie mit der momentanen Situation umgehen. Es ist ja alles neu für sie und dass mein Tipp mit der Firma Pirlinger ihnen so gut geholfen hat, das freut mich sehr."

„Das hätte ich mir auch nicht gedacht, dass ich das alles so gut und unaufgeregt hinnehme. Ich war heute schon beim Schwimmen, was ich jeden Freitag mache und es hat so gutgetan. Ich will und muss auf jeden Fall in meinen bisherigen Lebensablauf zurückfinden. Nicht dass ich nur daheim traurig rumsitze. Das bin ich nicht. Ich bin eine positiv eingestellte Frau und das lasse ich mir nicht nehmen. Von niemandem."

Na, das war doch einmal eine Ansage. Irgendwie erinnerte sie mich an unsere neue Staatsanwältin. Eine selbstbewusste Frau, die genau wusste, was sie will.

„Ich bewundere sie, Frau Thalhofer, das ist genau die richtige Einstellung zum Leben. …. Doch jetzt zu meinen Fragen. Ich habe mir einige Gedanken über ihren Mann gemacht. Ich habe mir im Internet auch seine Hobbys und Vorlieben angeschaut. Er war sehr sportlich und war viel unterwegs."

„Ja, das kann man wohl sagen. Der Artur war nicht zu bremsen. Wenn er sich etwas vorgenommen hatte, dann zog er das mit aller Energie bis zum Ende durch."

„So habe ich ihn auch eingeschätzt. Und wie war sein Freundeskreis? Irgendetwas außergewöhnliches?"

„Nein, nicht dass ich wüsste."

„Und seine Vorlieben, auch die sie mit ihm teilten?"

„Da gab es leider nicht mehr viel. Wir hatten uns in den letzten Jahren doch sehr auseinandergelebt. Ja, Urlaub zusammen, das ging noch. Wir hatten eigentlich eine echte Zweckgemeinschaft. Wir funktionierten. Aber sonst?"

„Und gab es etwas, das ich noch wissen sollte?" fragte ich sie in der Art und Tonlage, wie sie Frau Stöcklgruber immer erfolgreich anwandte, wenn sie den Befragten etwas herauslocken wollte, was sie nicht von sich aus gestehen wollten.

Und es funktionierte.

Etwas zögerlich begann Frau Thalhammer „Also es gab da jemand, eine Frau, die meinen Artur umgarnte, die ihn zum Opfer machte, die ihn in sein Unglück trieb."

„Haben sie eine Ahnung, wer das sein könnte?"

„Ja, das habe ich. Ich habe sogar einen Beweis dafür: ein Foto von ihr mit Widmung! War in seinem Sakko. Habe ich extra abfotografiert. Warum, weiß ich nicht mehr, es hat einfach gut getan."

„Wie lange ist das her?"

„Etwa vierzehn Tage. Kann man das nicht irgendwie am Foto nachschauen?"

„Ja, kann man. Haben sie ihr Handy in der Nähe?"

„Ja, Moment, ich hole es."

Sie stand auf und holte ihr Telefon aus dem angrenzenden Zimmer.

Sie setzte sich wieder an den Tisch und wischte über das Display, um es zu öffnen.

„Hier Herr Kommissar sind die beiden Fotos.“ Damit gab sie mir das Handy und ich blickte in das Gesicht von Frau Sedlmaier-Winkler. Ein großartiges Foto von einer hübschen Frau.

„Und das nächste Bild ist die Widmung, die hinten auf dem Foto stand“, fügte sie noch hinzu.

Ich rief das nächste Foto auf und las den Text: 'für meinen liebsten Albert`, mit einem roten Kussmund. Ich rief noch das Erstellungsdatum des Fotos auf und konnte feststellen, dass die Aufnahmen exakt vor elf Tagen gemacht wurden. Ich gab ihr das Handy zurück. Jetzt hatten wir den Beweis, den wir gesucht hatten.

„Also die Fotos haben sie vor genau elf Tagen gemacht, das konnte ich genau auslesen. Und ich kenne die Frau. Sie ist Sekretärin in der Firma Reifer. Sagt ihnen der Name Reifer etwas?“

„Ja, doch, Albert war des Öfteren beruflich dort. Er war beim TÜV-Süd und musste dort immer wieder irgendwelche Abnahmen durchführen, hat er mir erzählt. Und die Frau hat er dann anscheinend dort kennengelernt. Jetzt wird mir einiges klar. Aber wie hängt das dann mit dem Tod meines Mannes zusammen?“

„Das kann ich ihnen noch nicht genau sagen. Da sind wir aktuell am Ermitteln. Ach übrigens, darf ich die beiden Fotos auf mein Handy überspielen? Als Beweis? Das wäre sehr hilfreich.“

„Ja, natürlich, wenn sie ihnen weiterhelfen, gerne.“

Ich kopierte die beiden Aufnahmen und sicherte sie in meinem Fotoordner.

„Sie haben uns jetzt sehr viel weitergeholfen, Frau Sedlmaier-Winkler. Ich melde mich wieder bei ihnen, wenn ich etwas Neues weiß." Damit verabschiedete ich mich von ihr und setzte mich ins Auto. Als erstes musste ich meine neuen Erkenntnisse mit Frau Stöcklgruber und anschließend mit der Staatsanwältin teilen.

Ich wählte Frau Stöcklgrubers Nummer und begrüßte sie erfreut: „Hallo Mina, wie geht es dir? Bist du schon im Hotel?"

„Ja, ich habe gerade eingecheckt. Und, warst du schon bei Frau Thalhammer?"

„Ja, ich komme gerade von ihr. Und mit deiner Methode habe ich es wirklich geschafft, dass sie mir die Fotos gezeigt hat. Es stimmt, was mein Schwiegervater berichtet hat: die Aufnahmen zeigen Frau Sedlmaier-Winkler mit entsprechender Widmung und sie hat sie vor elf Tagen gemacht, also noch relativ frisch. Jetzt sind wir auf der richtigen Spur. Pass bitte auf dich auf und gib uns Bescheid, wenn etwas passieren sollte. Jetzt muss ich noch mit Frau Emlinger telefonieren. Bin gespannt, was sie dazu sagt."

Ich beendete das Telefonat und rief umgehend Frau Emlinger an. Ihre Handynummer hatte ich beim Heimweg vom Vis a Vis gespeichert.

„Hallo Frau Emlinger. Kommissar Breslmaier. Ich hoffe, ich störe sie nicht.“

„Aber sie doch nicht, Herr Kommissar. Nein, sie stören mich nicht. Ich bin gerade auf dem Weg in Richtung Donauhof. Ich habe mir die Akten zum Studieren mitgenommen und wollte mich anschließend damit auseinandersetzen. Gibt es etwas Neues?“

„Ja, und ob. Frau Thalhammer, die Frau des Mordopfers…“

Frau Emlinger unterbrach mich: „Ich weiß doch inzwischen, wer Frau Thalhammer ist, Herr Breslmaier. Ich bin schon angekommen in dem Fall“, ließ sie mich wissen.

„Ah ja, natürlich. Also ich war nochmal bei ihr, um ihr noch ein paar offene Fragen zu stellen und dabei hat sie mir zwei Handyfotos gezeigt, die unsere These belegen, dass Herr Thalhammer eine Affäre mit Frau Sedlmaier-Winkler hatte. Jetzt können wir das auch beweisen. Mord aus Eifersucht wird immer wahrscheinlicher. Wir sind auf der richtigen Fährte, wenn sie mich fragen. Was meinen sie?“

„Da gebe ich ihnen zu einhundert Prozent recht. Alles deutet darauf hin. Respekt, wie sie das geschafft haben, dass ihnen die Frau Thalhammer die Fotos zeigt. Da müssen sie ganz schön Vertrauen aufgebaut haben. Übrigens, haben sie die Fotos als Beweismittel?“

„Ja, habe ich kopiert, sind auf meinem Handy. Kann ich ihnen gerne schicken, wenn sie wollen."

„Oh, das wäre zwar nett, aber ich neige inzwischen dazu, solche Beweismittel nicht per Handys auszutauschen. Viel zu gefährlich. Es reicht mir, wenn sie die gespeichert haben. Können wir gerne am Montag begutachten. Das reicht mir."

„Alles klar. Ich wünsche ihnen noch ein schönes Wochenende. Bleiben sie im Hotel oder fahren sie nach Hause?"

„Nein, ich bleibe hier und werde mir Deggendorf mal genauer anschauen. Haben sie da vielleicht einen Tipp für mich?"

„Jede Menge, Frau Emlinger. Als erstes würde ich die Strandbar an der Donau besuchen, gibt einen wunderbaren Spritz mit einem tollen Ambiente, dann würde ich in die Stadt gehen und die Stadtplätze aufsuchen, nette, kleine Lokale und Cafés zum Draußensitzen, und wenn sie Samstag vormittags unterwegs sind, gibt es einen regionalen Wochenmarkt mit vielen Ständen und Köstlichkeiten. Am Sonntag würde ich eine Wanderung in den Bayrischen Wald vorschlagen, vorausgesetzt sie haben entsprechendes Schuhwerk mit dabei. Eine passende App kann ich ihnen gerne schicken. Das Wetter sollte ja passen."

„Herr Breslmaier, sie sind ja nicht zu bremsen! Vielen Dank für die Tipps. Gerne werde ich den einen oder anderen verwenden. Mal schauen, wie ich das alles schaffe. Auf jeden Fall komme ich darauf zurück. Jetzt gehe ich gerade ins Hotel zum Einchecken. Sieht sehr nett aus. Ich muss jetzt. Bis bald."

Ich verabschiedete mich von ihr und startete das Auto.

´Alles ist momentan im Fluss – ich denke, wir sind auf dem richtigen Weg. Aber wir haben noch zu wenig Beweise, zu wenig handfeste Beweise. Wie können wir ihm die Tat nachweisen? Die Fingerabdrücke an den Schwammerln? Ist ja nicht bewiesen, dass sie von ihm sind. Das Foto? Wir wissen nicht, wie alt das Foto wirklich ist. Und die Zeugin in der Firma, die die beiden in einer eindeutigen Situation gesehen haben will? Das zerlegt uns jeder gute Anwalt. Was bleibt uns dann noch? Dass die beiden übereilt in ein Wellness-Wochenende gefahren sind? Das ist schon etwas eigenartig. Kein Beweis, der seine Schuld untermauern könnte. Also bleibt uns eigentlich nur Frau Stöcklgruber vor Ort, die hoffentlich etwas handfestes nachweisen kann. Aber was kann das sein? ` Ich schüttelte instinktiv meinen Kopf. Zu viel Ungereimtheiten, zu wenig, um ihn dingfest zu machen. Auf jeden Fall können wir Frau Sedlmaier-Winkler etwas Sicherheit geben.

Ich parkte das Auto in unserer Tiefgarage und stieg aus.

„Ja das ist vielleicht ein Zufall: Frau Frommherz, Christine. Schön dich zu sehen." Anscheinend hatte auch sie gerade ihr Auto geparkt.

„Herr Breslmaier, ach Franz, das Vergnügen liegt ganz auf meiner Seite. Gibt es Neuigkeiten?"

„Wie meinst du das?"

„Na, in deinem neuen Fall – dem Schwammerlmord!"

„Ja, gibt es, leider alles noch intern und nicht erlaubt, es weiterzugeben. Ich hoffe du verstehst. Aber jetzt freue ich mich auf meine Kinder und die Schwiegereltern."

„Oh, sind Fränzi und Elli bei euch?"

„Ja, heute ist große Runde und da muss ich jetzt los. Sie warten sicher schon auf mich zum Kaffeetrinken.."

„Dann sage schöne Grüße von mir. Ist schon lange her, dass ich die beiden zum letzten Mal gesehen habe. Jetzt lass dich nicht aufhalten. Ciao."

Ich verabschiedete mich von ihr und öffnete unsere Haustüre.

„Hallo, ich bins", grüßte ich von unten nach oben.

„Hallo Paps", schallte es mir von oben entgegen. „Komm, wir warten schon auf dich. Es gibt leckere Donauwellen!"

Mmhh Donauwellen. Einer meiner Lieblingskuchen. Ich sprintete, na ja, ich ging etwas schneller nach oben, so gut es eben mein Knöchel zuließ und nahm meine beiden Töchter freudig in die Arme.

„Hey, Fränzi und Jacky, schön euch zu sehen." Ich drückte beide an mich und freute mich, sie mal wieder im Arm zu haben. „Was gibt es Neues in eurem Studentenleben?" wollte ich von ihnen wissen.

„Jetzt sei doch nicht so neugierig", antwortete Fränzi. „Das erfährst du noch früh genug. Doch jetzt wollen wir erst mal Kaffeetrinken. Komm mit."

Wir setzten uns an den bereits schön gedeckten Tisch auf der Terrasse und Claudia schenkte den Kaffee ein. Hans-Peter und Renate saßen bereits am Tisch und begrüßten mich freundlich.

„Hallo Franz. Ich habe dir einiges zu berichten" bemerkte Hans-Peter verschwörerisch. „Meine Undercover-Aktion war sehr erfolgreich, in jeder Beziehung. Aber jetzt ist erst mal Familie angesagt."

„Paps, ich habe irgendetwas gehört von einer neuen Brücke über die Donau. Ist da etwas dran?" wollte Elina wissen.

„Ja, stimmt. Der Stadtrat hat sich entschieden, eine neue Brücke zu bauen, von Fischerdorf nach Deggendorf zur Entlastung des Verkehrs, der anscheinend in Fischerdorf erheblich zugenommen hat, vor allem angeblich LKWs."

„Und was sagst du dazu?" fügte sie noch an.

„Also, ich bin der Meinung, dass es diese Brücke nicht braucht. Sie endet auch auf Deggendorfer Seite am neuen Donau-Spielplatz, den man damals zur Landesgartenschau 2014 extra gebaut hat, wirklich ganz großartig, der Spielplatz, und das finde ich unmöglich. Außerdem sollte man erst mal alle Möglichkeiten untersuchen, ob man nicht doch eine neue Bahnhaltestelle bauen kann, oder eine zusätzliche Autobahnauffahrt. Und siebzig Millionen sind doch auch ganz schön viel Geld, oder?"

„Siebzig Millionen?" mischte sich Hans-Peter nun mit ein. „Für eine neue Brücke, die niemand braucht, so wie ich das verstehe. Da muss ne Omma ganz schön viel Krabben pulen."

„Außerdem wird ein Teil der A3, also die Autobahn zwischen Deggendorf und Hengersberg nun 6-spurig ausgebaut, inclusive einer neuen Brücke", ergänzte ich noch.

„Noch eine neue Brücke", empörte sich Fränzi. „Haben die zu viel Geld, oder was ist los?"

„Nein", gab ich zurück „sie denken für mich in die falsche Richtung. Sie sollten doch lieber den öffentlichen Nahverkehr besser ausbauen, anstatt immer mehr Straßen und Fahrspuren für die Autos bauen, die wir nicht haben möchten. Außerdem gibt es andere Möglichkeiten um Waren zu transportieren und die sollte man halt auch in Betracht ziehen."

„Vielleicht solltest du dich doch politisch betätigen, so als Deggendorfer Stadtrat, oder so", meinte sie abschließend. „Da könntest du sicher einiges bewirken, oder?" Ich schüttelte nur den Kopf. Dazu hätte ich sicher keine Zeit. Fränzi schnappte sich noch eine Donauwelle und damit war für sie das Thema beendet.

„Paps, gibt es einen aktuellen Fall? Irgendetwas Neues? Lass doch mal hören." fragte Elina interessiert.

„Ja, den gibt es“, bestätigte ich ihre Frage. „Ein Mordfall, wieder auf der Rusel. Und das Außergewöhnliche
und kuriose an dem Fall ist, dass der Mörder eine
Nachricht hinterlassen hat.“

„Eine Nachricht? Und was hat er mitgeteilt?“

„Das ist mein Refier, Refier mit f.“

„Und was heißt das?“

„Wir haben das mit Hilfe eines Experten entziffert und
die KI hat uns den richtigen Hinweis gegeben.“

„Ihr verwendet die KI bei der Kripo?“

„Na ja, nicht offiziell, eher inoffiziell. Wir wollten einfach sehen, was die moderne Technik so kann. Und da
muss ich sagen: Hut ab! Hat uns sehr weitergeholfen.
Jetzt sind wir gerade auf der Ziellinie, wenn wir, was
wir hoffen, richtig liegen. Wir haben noch nicht die
eindeutigen Beweise, die wir bräuchten, um ihn festzu-
nehmen. Alles deutet auf Mord wegen Eifersucht hin.
Übrigens hat euer Opa uns bei den Ermittlungen sehr
geholfen. Er war sozusagen Undercover unterwegs.
Leider nicht ganz legal.“

„Hey Opi“, unterbrach mich Fränzi. „Das musst du uns
aber schon erklären.“

„Also“, antwortete Hans-Peter mit stolzer Stimme „euer
Vater hat mir den Fall geschildert und dass Frau Stöcklgruber und er Probleme mit der Frau des Opfers hätten. Sie vermuteten, dass sie ihnen etwas verheimlicht,

was für den Fall sehr wichtig sein könnte. Also habe ich mich angeboten und bin ins Elypso zum Baden gefahren, weil Thalhofer, so heißt die Frau des Mordopfers, ihren Badetermin im Elypso immer am Freitag um 10:00 Uhr hatte, was euer Paps im Vorfeld ermittelt und sie ihm das auch bestätigt hatte, dass sie auch dort sein würde. Ich hatte Glück und konnte relativ schnell mit ihr ins Gespräch kommen. Wir setzten uns in die dortige Bar und sie erzählte mir, wie ihr Verhältnis zu ihrem Mann war und wie sie mit der momentanen Situation umgeht. Übrigens, eine sehr nette und gutaussehende Frau. Das hat mir euer Paps schon vorher berichtet. Wir waren sehr schnell beim Du und ich hatte ihr Vertrauen gewonnen. Dann erzählte sie mir so nebenbei, dass sie etwas von ihrem verstorbenen Mann fotografiert hat und das, dachte ich mir, könnte für euren Paps in seinem Fall sehr wichtig sein."

„Was hat sie denn fotografiert? Jetzt sag doch schon", wollte Fränzi noch wissen.

„Franz, darf ich das erzählen?"

„Na ja, eigentlich nicht, aber wir sind ja unter uns."

„Also, es war ein Foto, nein es waren sogar zwei, ein Bild von Frau Sedlmaier-Winkler mit einer rückseitigen Widmung, die sehr eindeutig war. Und die Widmung war für ihren Geliebten, den ermordeten Herrn Thalhofer. Das war der eindeutige Beweis, dass die beiden eine Affäre miteinander hatten. Damit war mein Auftrag mehr als erfüllt, oder?"

„Und ob. Mit dem hatte keiner gerechnet, dass du aus der Frau Thalhofer so viel herausholen kannst. Respekt! Anscheinend hat es dir richtig Spaß gemacht, wenn ich das so höre."

„Ja, das hat es wirklich. Ich hatte das Gefühl, dass Frau Thalhofer richtig glücklich war, sich mit mir zu unterhalten und sich auszutauschen. Und, wir haben uns für nächsten Freitag zur selben Zeit wieder zum Schwimmen verabredet."

„Na, du bist aber einer. Was sagt denn Renate dazu?"

„Also, ich lass ihm da freie Hand", meinte sie lächelnd. „Der Hans-Peter ist in einem Alter, wo man als Ehepartner großzügiger denkt und handelt. Nicht wahr, lieber Hans-Peter?"

„Absolut. Was soll da schon passieren, wenn ich mich mit ihr nett unterhalte. Außerdem ist Vertrauen angesagt."

Er nahm einen großen Bissen von seiner Donauwelle und meinte: „Mmmhh schmeckt die gut. Könnte ich jeden Tag essen, so gut ist die. Kannst du die nicht auch machen?"

„Wenn mir die Claudia das Rezept dafür gibt, dann schaff ich das schon", antwortete Renate lakonisch.

„Bekommst du natürlich gerne", antwortete Claudia. „Ausgedruckt oder per E-Mail?"

„Am liebsten ausgedruckt, wenn es dir nichts ausmacht.“

„Das kann dir Fränzi gerne machen, die ist mit der Technik besser vertraut als ich. Machst du doch, Fränzi, oder?“

„Na klar. Mama, habt ihr immer noch denselben Drucker wie früher?“

„Ja, was denkst denn du. Der tut doch seine Dienste. Schau bitte vorher nach, ob ausreichend Papier drin ist. Du weißt doch, der Papa druckt immer seine Sachen und wundert sich dann, wenn der Drucker dann streikt, weil er nicht genügend Material zum Drucken hat.“

„Kenn ich nur zu gut ….. Gibst du mir dann das Rezept?“

„Alles klar, komm mit.“ Damit stand sie auf und ging zusammen mit Fränzi in die Küche.

„Seit wann heißt denn die Franziska Fränzi? Franziska ist doch so ein schöner Name“, fragte Hans-Peter mich.

„Irgendwann hat sich das einfach so ergeben. Ich glaube, in der Schule haben alle Fränzi zu ihr gesagt und dann haben wir das einfach übernommen. Uns gefällt ihr neuer Name. Ist doch mit der Elina genauso. Jacqueline ist doch auch ein toller Name, oder?“

„Aber absolut“, bestätigte Hans-Peter.

„Und irgendjemand war der Name einfach zu lange und dann wurde Elina daraus. Ist doch auch sehr nett. Man gewöhnt sich daran. Hattest du nicht auch einen Spitznamen, Hans-Peter?"

„Oh, doch. In der Schule nannten mich alle HaPe. Ich habe mich daran gewöhnt, so wie du schon sagst. Alles eine Sache der Gewohnheit."

Renate und Elina standen auf und erklärten, dass sie sich jetzt allmählich um das Abendessen kümmern sollten. Renate nahm noch die leeren Tassen und Teller vom Tisch und trug sie mit einem Tablett in die Küche.

„Franz, ich bin ja so gespannt, was es Neues in deinem, oder soll ich sagen, unserem Fall, gibt", wandte sich Hans-Peter an mich. „Jetzt sind wir doch unter uns und du kannst mich auf den neuesten Stand bringen, ohne dass uns jemand stört."

Ich berichtete ihm von unseren neuen Überlegungen und dass Frau Stöcklgruber als 'Aufpasserin` mit vor Ort ist, da Frau Sedlmaier-Winkler uns um Hilfe gebeten hatte. Natürlich fragte er nach, wo das Ehepaar Sedlmaier jetzt ihr Wochenende verbringt. Er pflichtete mir bei, dass er genauso gehandelt hätte, denn in der jetzigen Situation schätzt er ihren Mann ebenfalls als sehr gefährlich und zu jeder Tat bereit ein. Es tat gut, mit ihm über den Fall zu reden. Irgendwie hatte er eine angenehme und fürsorgende Art und Zuhören, das konnte er schon immer.

Elina brachte uns beiden noch ein Entspannungsbier und so verbrachten wir den Nachmittag angenehm plaudernd auf der Terrasse. Irgendwann gab es auch noch ein zweites Bier, denn auf einem Bein kann man ja nicht stehen.

Elina und Renate deckten den Tisch bereits für das Abendessen.

„Was gibt es denn heute Abend zum Essen?" erkundigte sich Hans-Peter.

„Es gibt heute Fleckerlspeis", antwortete Elina.

„Oh, wat is denn dat?" wollte Hans-Peter wissen.

„Das ist ein österreichisches Rezept. Soviel ich weiß, hat das die Mama von ihrem Onkel aus Windischgarsten bekommen. Wie hieß der Onkel nochmal?"

„Das war der Onkel Ferdl", klärte ich sie auf. „Ein ganz netter Österreicher, der hat die Schwester von deiner Oma geheiratet und war damit in unserer Verwandtschaft und auch öfter bei uns. Daher auch das Rezept und es wurde eins unserer Lieblingsgerichte und auch unserer Kinder. Stimmt doch, oder?" fragte ich in Richtung Elina.

„Stimmt. Freu mich schon riesig darauf. Endlich mal wieder. Bekommt man sonst auch nirgends."

(Das Rezept dazu findet ihr im Nachtrag auf Seite 225)

Jetzt meldete sich Hans-Peter: „Also ihr bringt mich total durcheinander. Den Onkel müsste ich doch auch kennen, oder?"

„Na klar kennst du den, Hans-Peter", rügte ihn Renate „er war doch zur Hochzeit von Franz und Claudia und zum vierzigsten Geburtstag von Franz mit seiner Frau, der Tante Lieselotte, in Deggendorf. Erinnerst du dich nicht?"

„ …. Jetzt wo du es sagst, fällt es mir wieder ein. Natürlich! Er hatte wellige, graue Haare und sprach leicht österreichischen Dialekt. Das ist er doch, oder? Waren beide sehr nett!"

„Na siehst du, geht doch. Man muss dir nur immer wieder auf die Sprünge helfen", meinte sie amüsiert und ergänzte in die Runde. „Na, seid ihr schon hungrig?"

„Ja, und wie", entgegnete Hans-Peter. „ich könnte einen ganzen Blauwal verspeisen", gab Hans-Peter von sich und klopfte sich auf seinen Bauch.

„Du wieder, du hast doch immer Hunger, Hape", meinte Elina lachend. „Aber ich schau jetzt mal in die Küche, wie weit die mit dem Essen sind."

Sie ging in Richtung Küche und ich prostete Hans-Peter zu.

„Na Renate, willst du nicht auch ein Bierchen?" wollte ich von ihr wissen.

„Nein Franz, ich warte, bis Claudia mit dem Wein kommt. Sie hat mich heute nämlich zu einem besonderen Gläschen Wein überredet. Rotwein, soviel ich weiß. Ein österreichischer Blauburgunder hat sie gesagt, passend zum Essen. Da bin ich echt gespannt, wie der schmeckt. Wir in Kiel sind nicht die großen Weinkenner, eher ein Bierchen und 'nen Korn. Daher freue ich mich heute auf einen schönen Wein zusammen mit Claudia.“

„Recht hast du, Renate. Genieße die Tage bei uns. Wir freuen uns, dass ihr da seid. Wer weiß, wann das wieder mal passiert.“

Ich prostete ihr zu und nahm einen letzten Schluck aus meinem Glas.

„Oh, schon wieder leer“, sagte ich leicht überrascht. „Renate, wärst du so nett und lässt die Luft aus dem Glas?“

„Ja, ja, ich verstehe dich schon, lieber Franz. Mach ich doch gerne“, meinte sie, nahm mein Glas und verschwand zu den anderen in die Küche.

Die Fleckerlspeis schmeckte allen ganz vorzüglich, bis auf Fränzi, die Vegetarierin. Sie bekam ein Nudelgericht ganz ohne Fleisch und offensichtlich mundete es auch ihr.

Es wurde ein rundum gelungener Abend, mit viel Erzählungen und Gelächter in sehr angenehmer und entspannter Stimmung. Natürlich musste ich, auf Drängen meiner Töchter, noch meine Geschichte vom Ochsenhof erzählen. Hans-Peter und Renate kannten die noch nicht und so kamen sie auch in den Genuss eines echten Tatsachenberichts von mir, der natürlich wahrheitsgetreu und ohne Flunkereien wiedergegeben wurde.

Der Abend ging diesmal auch ohne Bärwurz zu Ende und Hans-Peter war eher auf einen Korn zu sprechen, was nicht unbedingt das meine war. Aber was tut man nicht alles aus Freundschaft. Und so gehen die Geschmäcker eben auseinander, und das ist gut so. Was wäre denn, wenn alle immer das Gleiche ……

4 – ES KOMMT WIE ES KOMMT

„Auch der längste Weg beginnt mit einem einzigen Schritt"

(Buddha)

Ich drehte mich nochmal im Bett um. Heute war Samstag, endlich ein Tag zum Erholen, zum Durchschnaufen. Doch so ganz abschalten konnte ich nicht. Frau Stöcklgruber war vor Ort und damit war auch ich irgendwie immer mit dabei. Aber ich hatte ein gutes Gefühl bei ihr. Meine Gedanken kreisten im Kopf rauf und runter und hin und her und ich konnte keinen festhalten. Was, wenn Herr Sedlmaier doch nichts mit dem Mord zu tun hatte? Müssten wir dann wieder von ganz vorne anfangen? Er war momentan unser einziger Verdächtiger. Und es gab einige Punkte, die wir bisher noch nicht abhandeln konnten: hat er ein Alibi? Wo war er am Mittwochmorgen zwischen fünf und acht Uhr? Könnten wir eine Hausdurchsuchung erreichen? Wie gefährlich ist er wirklich?

„Hey Franz, Liebling, aufstehen!" Meine Claudia hatte die Schlafzimmertüre leicht geöffnet und versuchte mich aus dem Bett zu bringen.

Wir waren etwas spät dran zum Frühstücken, es war nicht mehr viel los und wir hatten Zeit und keine Termine. Es saßen nur zwei Pärchen und eine einzelne Dame im vorderen Teil des großzügigen, mit großen Fenstern ausgestatteten Raums, der die Sonne ungestört hereinließ. Wir setzten uns an einen freien Tisch im hinteren Bereich des Restaurants, wo wir gänzlich ungestört waren.

Wir holten uns vom reich bestückten Frühstücks-Büffet, und das war wirklich reichlich. Es gab sogar Weißwürste und Prosecco. Ich bediente mich am Büffet und nahm mir einen Tee mit an unseren Tisch. Petra machte sich ihr Müsli und kam mit einer Tasse Kaffee an den Tisch. Sie setzte sich mir gegenüber.

„Wir müssen reden", begann ich unvermutet. „Ich weiß nicht, ob du ..."

Sie unterbrach mich „Rudi, ich denke ich weiß, was du willst. Ich hatte schon lange einen Verdacht und bin mir inzwischen sicher, dass du ..."

„Ich denke, wir reden über das gleiche Thema. Petra, das war nicht so, wie du wahrscheinlich vermutest. Es war ein Unfall! Ich hatte euch beide, dich und Artur, schon lange im Verdacht, dass da etwas zwischen euch läuft. Und dann das Wochenende, wo ich mit meinen Freunden in Linz zu einem Halbmarathon unterwegs war. Angeblich. War ich aber nicht. Ich wollte genaueres wissen. Und dann habt ihr euch getroffen, bei uns im Haus! Ich habe Fotos gemacht und die waren, und sind, eindeutig. Und dann sind wir uns, Artur und ich, Tage später, im Wald beim Schwammerlsuchen begegnet. Ein absoluter Zufall. Hast eventuell du ihm mein Schwammerlrevier verraten?"

„Natürlich, warum auch nicht?"

„Ah ja, dann ist mir schon klar, warum er bei mir herumwilderte. Er hatte schon ziemlich große Beute gemacht und dann kamen wir ins Gespräch, wie das halt so ist. Es gab ein Wort das andere und er prahlte noch mit seiner Liebe zu dir, mit seiner Eroberung, mit meiner Niederlage. Da rastete ich aus und schubste ihn. Warum muss er mich auch so reizen? Und er fiel auf irgendetwas unangenehmes und es gab ein komisches Geräusch. Ich denke, in dem Moment hat er sich die Schulter gebrochen. Konnte sich kaum mehr, oder nur unter Schmerzen, bewegen. Trotzdem grinste er mich an und machte weiter mit seinen Tiraden. So ein Trottel! In meiner Wut nahm ich den nächstgelegenen Gegenstand, einen großen Stein, und schlug auf ihn ein, bis er endlich Ruhe gab. Dann kam ich, nach einiger, Zeit wieder zu mir und begriff erst jetzt, was geschehen war, was ich getan hatte. Artur war tot und ich, ich hatte ihn umgebracht ...."

Petra schaute mich angewidert und mit großen Augen an und sagte leise und zaghaft „du bist mein Mann ..... ein Mörder!"

„Aber du bist auch mit schuld!" gab ich erbost zurück. „Wenn du nicht die Affäre mit dem Artur angefangen hättest, dann wäre das alles nicht passiert. Und jetzt sitzt du da und spielst die Unschuldige. Und, ...wie gehen wir jetzt mit der Situation um? Die Polizei hat noch nichts Konkretes. Na gut, sie waren in der Firma und haben die Mitarbeiter befragt. Doch was können die schon wissen? Doch sicher nichts, außer ihr zwei habt auch noch in der Firma ...."

„Nein, natürlich nicht. Da waren wir absolut vorsichtig. Aber Artur war einfach ein toller Mensch, der einen um den Finger wickeln konnte. Und diese Anteilnahme, diese Momente der Übereinstimmung ohne Worte, die Blicke, die Gesten, all das fehlt mir bei dir seit, ich weiß nicht wie lange schon. Und dann kommt einer und zeigt dir, wie schön das Leben sein kann, was man alles verpasst hat, was es bedeutet, eine Frau zu sein, die immer noch begehrenswert und liebenswert ist."

Ihre Stimme brach und eine einsame Träne rollte über ihre Wange. Sie hielt inne, wischte sich die Träne mit einer zitternden Hand ab und flüsterte. „Ich habe ihn geliebt, wirklich geliebt."

„Und was machen wir jetzt? Gehen wir zur Polizei und ich gestehe den Mord? .... Nein, natürlich nicht! Die haben nichts Konkretes und werden auch nichts bekommen, wenn du dicht hältst und das wirst du doch, oder?"

„Zusammenleben mit einem Mörder? Ich weiß nicht, ob ich das kann, Rudi. Ich muss mir das erst noch überlegen und dazu brauche ich Zeit. Momentan ist mein Vertrauen zu dir nicht mehr da, einfach weg."

„Das heißt, du willst mich vertrösten? Kann ich mich darauf verlassen, dass deine Entscheidung positiv ausfällt? Und wenn nicht? Bringst du es fertig, unser beider Leben zu zerstören, denk doch einfach mal an die Konsequenzen, die ein Geständnis mit sich bringen würde: die Firma kaputt, unser Haus weg, unsere Ehe auseinander und dann das Gerede der Nachbarn, der Freunde, der Verwandten. Ist es das dann wert? Ich denke nicht. Also gib mir bis morgen definitiv Bescheid."

Petra nickte und damit war das Gespräch beendet.

„Ach übrigens", bemerkte ich noch „ich habe für heute einen Ausflug vorbereitet. Die nette Dame an der Rezeption hat mir eine Wanderkarte mit verschiedenen Touren gegeben, und ich habe für uns eine Wanderung zum Baumwipfelpfad in Neuschönau ausgesucht. Soll sehr schön sein und liegt im Nationalpark Bayrischer Wald. Etwas mehr als eine Stunde Fahrzeit quer durch den Bayrischen Wald. Waren wir schon lange nicht mehr. Bei unserem super Wetter heute sicher ein perfekter Ausflug, um den Kopf freizubekommen und, ganz wichtig, auf andere Gedanken zu kommen. Was hältst du davon?"

„Na, wenn du meinst, machen wir das so."

Ich stand auf, um mir noch einen Obstsalat und einen neuen Kaffee vom Büffet zu holen.

Ich konnte sie gut beobachten, Herrn Sedlmaier und seine Frau. Ich saß schon lange auf meinem Platz nahe an dem großen Fenster, was ja eigentlich kein Fenster war, sondern eine Glasscheibe, die bis zum Boden reichte und einen wunderbaren Ausblick auf den Garten und die dahinterliegenden Berge bot. Ich genoss die Sonne, das Frühstücksbuffet und den wunderbaren Cappuccino in vollen Zügen. Lange hatte ich auf die zwei gewartet, da ich ja nicht wusste, wann sie zum Frühstücken kommen und ich wollte natürlich nichts versäumen. Schließlich war ich zum Observieren da und nicht um Urlaub zu machen.

Sie hatten sich am Buffet bedient, sich wieder hingesetzt und anscheinend ging es jetzt zur Sache. Wie ich sehen konnte, hatten sie ein wichtiges und emotionales Zwiegespräch. Er führte offensichtlich die Regie und sie machte nur ab und zu eine Bemerkung. Leider waren sie zu weit weg, so dass ich nicht verstehen konnte, was sie besprachen. Aber dass es etwas Wichtiges war, konnte ich feststellen.

Ich überlegte, wie ich es fertigbringen sollte, dass ich mit ihr in Kontakt trete. Gestern Abend hatte ich einen kurzen Blickkontakt mit ihr und ich meinte, ein kurzes Lächeln feststellen zu können. Also hatte sie mich erkannt und wusste, dass ich in ihrer Nähe bin.

Jetzt stand Herr Sedlmaier auf, um sich noch etwas vom Buffet zu holen.

Das war meine Chance. Das Handy hatte ich bereits am Tisch liegen und so tippte ich eine Nachricht an Frau Sedlmaier-Winkler ein:

Gibt es etwas Neues?

Und sandte es ab.

Ich sah, wie sie das neben ihr am Tisch liegende Handy kurz aufnahm, die Nachricht las und ebenfalls hektisch etwas tippte. Gott sei Dank war Herr Sedlmaier immer noch am Buffet beschäftigt.

Mein Handy meldete den Eingang einer Nachricht:

Heute Ausflug Baumwipfelpfad

Sie blickte verstohlen in meine Richtung und ich nickte ihr kurz zu als Bestätigung, dass ich es gelesen hatte.

Also war heute ein Ausflug geplant. Wie sollte ich darauf reagieren? Ich musste dringend mit Kommissar Breslmaier telefonieren, mal schaun, was er vorschlägt.

Ich stand auf und ging in Richtung erster Stock zu meinem Zimmer.

———

Jetzt meldete sich mein Handy. Ich fischte es aus meiner Hosentasche und stellte fest, dass Frau Stöcklgruber anrief.

„Hallo Frau Stöcklgruber, wie geht es ihnen?"

„Ich genieße den Urlaub hier", meinte sie lachend. „Nein, ich rufe sie an, weil ich ihren Rat brauche. Die Familie Sedlmaier plant für heute einen Ausflug zum Baumwipfelpfad. Ich weiß nicht, wann sie aufbrechen, aber ich denke, das passiert umgehend. Was soll ich machen?"

„Natürlich unbedingt folgen. Nehmen sie bitte auf jeden Fall ihre Dienstwaffe mit. Der Herr Sedlmaier ist in einer Situation, die wir nicht einschätzen können. Wenn seine Frau nicht mitspielt, so wie er das will, dann kann alles passieren, auch das undenkbare, wenn sie verstehen, was ich meine. Ich sage auch umgehend der Staatsanwältin Bescheid, kann sein, dass wir zu ihnen zum Baumwipfelpfad kommen, dass wir sie unterstützen. Mal schaun, wie sie die momentane Situation sieht. Ich rufe sie gleich wieder zurück."

Damit beendete ich das Gespräch und rief umgehend, Frau Emlinger, die Staatsanwältin an.

„Hallo Frau Emlinger, ich störe sie ungern am Wochenende, aber die Dinge überschlagen sich momentan und da benötigen wir ihre Einschätzung."

„Herr Kommissar Breslmaier, sie stören mich überhaupt nicht, ich bin unterwegs an der Donau, an der

Strandbar und genieße die Sonne und die Ruhe. War übrigens ein super Tipp von ihnen. Vielen Dank. Was gibt es?"

„Frau Stöcklgruber hat mich gerade angerufen und mir berichtet, dass die Familie Sedlmaier einen Ausflug zum Baumwipfelpfad in Neuschönau plant. Von Deggendorf aus Fahrzeit etwa eine Stunde. Von Kaikenried aus benötigt man etwas länger. Ich kann nicht einschätzen, was er vorhat. Es gab zum Frühstück eine sehr emotionale Auseinandersetzung zwischen den beiden. Ich denke, wir sollten Frau Stöcklgruber unterstützen und einen Ausflug in den Bayrischen Nationalpark machen. Kann sicher nicht schaden. Was meinen sie?"

Sie überlegte einen Moment. „Ich bin ganz ihrer Meinung. Lassen wir die Frau Stöcklgruber nicht allein. Wenn nichts passiert, dann haben wir einen schönen Ausflug gemacht, oder? Holen sie mich ab? Ich bin in zehn Minuten am Bahnübergang bei der Pizzeria. Wie heißt sie doch gleich wieder?"

„Pizzeria Laurin."

„Ja genau. Bis gleich."

Ich beendete das Gespräch und wandte mich an meine Frau Claudia: „Tut mir wirklich leid, aber wir haben einen dringenden Einsatz. Ich müsste mit der Frau Staatsanwältin nach Neuschönau zum Baumwipfelpfad. Dort könnte es wichtig sein, dass wir vor Ort sind."

„Nein, Papa, nicht schon wieder", meldete sich meine Tochter Fränzi enttäuscht. „Immer wenn wir etwas miteinander unternehmen wollen, bist du verhindert. Das kann doch nicht wahr sein."

„Tja, euer Paps ist halt ein Polizist mit Haut und Haaren. Wenn er gebraucht wird, dann ist er zur Stelle", pflichtete mir Claudia bei. „Ich kenne ihn schon lange genug, um mit dem zu leben und ich habe es inzwischen auch akzeptiert. Es lässt sich sowieso nicht ändern. Also lasst ihn zu seinem Einsatz gehen. Wir fahren trotzdem zum Wandern auf den Ruselabsatz, zum Maxfelsen. Zieht euch schon mal an und dann kann es los gehen."

„Kann ich mit dir mitfahren, Franz?" meldete sich jetzt leicht verstohlen mein Schwiegervater.

„Na ja, ich denke, das kann nicht schaden. Wenn die übrige Familie nichts dagegen hat, dann nehme ich dich natürlich gerne mit. Einen so erfahrenen Mann kann ich immer brauchen."

Hocherfreut schaute Hans-Peter zum Rest der Familie. Die Kinder verdrehten die Augen und meine Frau und auch Renate stimmten spontan zu, dass Hans-Peter natürlich gerne mit mir mitfahren sollte.

„Ich muss nur noch die Staatsanwältin aufgabeln und dann können wir schon los düsen. Nimm dir bitte Wanderschuhe und eine dicke Jacke mit. Es könnte ein längerer Anmarsch werden", instruierte ich noch meinen Schwiegervater.

Beim Weg zum Auto rief ich noch kurz Frau Stöcklgruber zurück und teilte ihr mit, dass ich mit meinem Schwiegervater und der Staatsanwältin bereits unterwegs zu ihr bin.

Nach kurzer Zeit saßen wir im Auto in Richtung 'Laurin`, wo auch schon Frau Emlinger auf uns wartete. Sie begrüßte mich freundlich und musterte Hans-Peter sehr interessiert.

„Herr Breslmaier, können sie mich aufklären?"

„Ja gerne. Das ist mein Schwiegervater, Herr Sievers", dabei zeigte ich auf Hape, „und das ist Frau Emlinger, die Vertreterin unseres regulären Staatsanwalts, der momentan wichtige Familienangelegenheiten regulieren muss und daher um eine Auszeit gebeten hat."

„Oh, sehr angenehm", erwiderte Hans-Peter, der alte Charmeur, und gab Frau Emlinger die Hand. „So eine hübsche Staatsanwältin hätte ich mir in Kiel auch immer gewünscht. Aber leider kann man sich die nicht aussuchen."

„Mein Schwiegervater war in Kiel bei der Polizei und hat sich heute nicht abbringen lassen, uns zu begleiten. Er hat immer noch den alten Jagdinstinkt. Außerdem kann ich ihm den Bayrischen Wald zeigen, denn wir fahren circa mehr als eine Stunde bis Neuschönau, dem Ausgangspunkt für die Wanderung zum Baumwipfelpfad."

„Oh schön", gab Frau Emlinger erfreut von sich. „Dann habe ich auch das Vergnügen, den Bayrischen Wald, von dem mir schon so viel erzählt wurde, kennenzulernen. Also geben sie schon Gas, Herr Kommissar. Oder gibt ihre Kiste nicht mehr her?"

Jetzt kam die zickige Staatsanwältin wieder zum Vorschein. Irgendwie hatte ich das schon erwartet. Doch ich konnte inzwischen gut damit umgehen. Hans-Peter schaute etwas überrascht. Damit wird er schon zurechtkommen.

Auf der Fahrt unterhielten wir uns nochmals über den aktuellen Fall und Hans-Peter berichtete stolz und begeistert von seinem Undercover-Einsatz, was Frau Emlinger doch etwas irritierte, denn was er, natürlich mit meinem Einverständnis, unternommen hatte, verstieß gegen jede Vorschrift. Aber ich konnte ihn nicht bremsen und das Ergebnis konnte sich ja auch sehen lassen. So konnte ich Frau Emlinger auch besänftigen und ihr versichern, dass dieser Einsatz nicht in der richterlichen, der offiziellen, Akte erscheinen würde.

Wir kamen gut voran, es war wenig Verkehr. Nur am Parkplatz in Neuschönau war verdammt viel los und wir bekamen gerade noch einen Platz, relativ weit entfernt vom Start unserer Wanderung. Aber was soll's.

Da meldete sich mein Handy, das ich in eine Halterung am Armaturenbrett eingesteckt hatte. Eine neue SMS von Frau Sedlmaier-Winkler. Ich fuhr rechts ran und öffnete die Nachricht:

Änderung: fahren zum Waldwipfelpfad St. Eng

Was soll das jetzt? Das ist doch die genau entgegengesetzte Richtung! Der Waldwipfelpfad in St. Englmar! Ich musste unbedingt mit Kommissar Breslmaier telefonieren. Wahrscheinlich sind die auch schon unterwegs nach Neuschönau.

Ich wählte seine Nummer und er meldete sich auch sofort.

„Hallo Frau Stöcklgruber, was gibt's?"

Ich konnte Fahrgeräusche hören. Also war er auch schon losgefahren und hatte die Freisprechanlage aktiviert. Sehr gut. Ich begann:

„Hallo Herr Breslmaier. Es gibt neue Informationen von Frau Sedlmaier-Winkler, eine neue SMS. Herr Sedlmaier hat überraschend die Route geändert: sie fahren jetzt nach St. Englmar zum Waldwipfelpfad! Was machen wir nun?"

„Moment, ich muss mal kurz überlegen .... Ich würde vorschlagen, sie fahren nach St. Englmar und wir behalten unseren Weg bei. Es kommt mir sehr komisch vor, dass Herr Sedlmaier seinen Plan so schnell ändert. Könnte doch sein, dass er etwas gemerkt hat, dass er das Handy von seiner Frau überprüft hat und dabei die Mails entdeckt hat. Um sicher zu gehen, fahren sie nach St. Englmar und wir nach Neuschönau. Ist doch gut, dass wir zwei Teams haben. Aber bitte, vorsichtig, nichts allein unternehmen. Wenn sie Verstärkung brauchen, rufen sie die örtliche Polizei zur Hilfe. Ihre Waffe haben sie mit dabei?"

„Ja, habe ich. Ich hoffe, dass das alles gut ausgeht. Ich melde mich, wenn etwas sein sollte."

Sie verabschiedete sich und wünschte uns noch gutes Gelingen. Wenn ich die Frau Stöcklgruber nicht hätte! Was wäre ich ohne sie?

Ich musste irgendetwas unternehmen. Petra, meine Frau, hatte bereits jemanden, ich denke, die Polizei informiert. Die SMS war eindeutig.

Nach unserem morgendlichen Gespräch hatte ich von ihr verlangt, dass sie mir ihr Handy gibt, um zu überprüfen, ob sie eventuell jemanden informiert oder in die Sache mit einbezogen hat. Zuzutrauen war ihr das ja. Sie sträubte sich mit Haut und Haaren, und, nachdem ich die Nachrichten abgerufen hatte, war mir klar, warum: sie hatte bereits um Hilfe gebeten. Und jetzt galt es für mich: sofort handeln, bevor mich meine Frau ans

Messer liefert. Das durfte auf keinen Fall passieren. Dafür werde ich schon sorgen. So ein kleiner Unfall könnte doch sehr hilfreich sein. Was haben die schon für Beweise? Rein gar nichts! Die tappen doch im Dunklen, aber überraschend war, wie schnell sie doch meine Morsenachricht entschlüsselt hatten und auch noch die richtige Folgerung gezogen hatten. Hut ab!

Als erstes musste ich sie, wenn sie mich oder uns bereits verfolgten, auf eine falsche Fährte locken. Das dürfte nicht schwierig sein, denn ich hatte ja das Handy meiner Frau mit der entsprechenden Nummer. Da musste ich nicht lange überlegen. Ich schickte nun eine SMS mit folgendem Text:

Änderung: fahren zum Waldwipfelpfad St. Eng

Natürlich hätte ich noch gerne eine lustige Rätselaufgabe mit angefügt. Doch dann wüssten sie ja, dass die neue SMS von mir kommt. Lieber nicht. Jetzt sollten wir allmählich losfahren. Für den Notfall steckte ich mir auch noch mein Schnappmesser ein. Hatte mir in der Vergangenheit schon gute Dienste erwiesen. Meistens beim Schwammerlsuchen. Doch jetzt .....

Ich parkte das Auto. Es war ganz schön viel los, hätte ich nicht erwartet. Bei so schönem Wetter war das wahrscheinlich normal.

„Wie weit ist es denn bis zu diesem Baumwipfeldings-
bums?" wollte Frau Emlinger von mir wissen.

„Wenn wir flott gehen, etwa eine halbe Stunde", informierte ich sie.

„Uff, ganz schön weit", fügte sie noch hinzu. „Herr
Breslmaier, wissen sie übrigens, welches Auto die Familie Sedlmaier fährt? Wäre doch nett, wenn wir ihr Auto
auf dem Parkplatz finden könnten. Dann wissen wir
sicher, dass das keine Finte war, von wegen anderes
Ziel und so."

„Das kann uns sicher Frau Stöcklgruber sagen. Einen
Moment, ich rufe sie kurz an."

Ich wählte ihre Nummer und sie wusste natürlich, welches Auto die Sedlmaiers benutzen. Sie brauchte nur
einen kurzen Augenblick, um das Foto auf ihrem Handy zu finden. „Moment …. ich habe das Auto auf dem
Parkplatz vor dem Hotel fotografiert, ….. einen Volvo,
einen SUV in dunkelgrau mit dem Kennzeichen DEG-
RS-104."

„Danke Frau Stöcklgruber, sie sind ein Schatz!" Ich
beendete spontan das Gespräch.

Perfekt! Ich teilte den beiden die Information mit. Wir
teilten uns auf, da es mehrere Parkplätze gab und
schwärmten aus.

Nach kurzer Zeit war Frau Emlinger erfolgreich, das
gesuchte Auto stand auf dem Parkplatz, der an unseren

Bereich anschloss. Also war uns klar, dass Herr Sedlmaier bereits in Richtung Baumwipfelpfad unterwegs war.

Ich rief umgehend Frau Stöcklgruber an, um ihr mitzuteilen, dass die Sedlmaiers doch bei uns in Neuschönau sind, da wir ihr Auto bereits gefunden hatten und die SMS offensichtlich eine Finte war. Sie wollte auch sofort zu uns zurückfahren. Ich teilte ihr mit, dass das nicht mehr nötig war, aber sie bestand darauf, unbedingt mit dabei zu sein. Wobei auch immer.

Jetzt galt es, schnell zu sein, um Herrn Sedlmaier einzuholen. Sicher hatte er jetzt einen Vorsprung. Sein Ziel war der Baumwipfelpfad und wenn wir schnell sein wollten, so mussten wir irgendetwas haben, womit wir ihn einholen oder sogar überholen konnten.

Da hatte mein Schwiegervater die Idee, dass doch die Arbeiter sicher Fahrzeuge benutzen, um Waren zu transportieren. Das war es! Ich ging auch sofort zum Infopoint und wies mich aus. Ich erklärte kurz, warum wir hier waren und dass wir schnellstmöglich zum Baumwipfelpfad kommen sollten, um einen Verdächtigen zu stellen. Natürlich musste ich noch etwas übertreiben, aber es funktionierte.

Innerhalb kurzer Zeit standen zwei Quads vor dem Infopoint und die Fahrer, die anscheinend bereits informiert waren, forderten uns auf, doch aufzusteigen, was ein kleines Problem darstellte: die Quads hatten nur eine Sitzbank vorne für Fahrer und einen Beifahrer und hinten jeweils eine Ladefläche.

Wir einigten uns darauf, dass Frau Emlinger und Hans-Peter jeweils den vorderen Sitz bekamen und ich mit der Ladefläche vorliebnehmen musste. Was macht man nicht alles aus Liebe zu seinem Beruf? Also kletterte ich, mit Hilfe des Fahrers, ein junger Ranger in einer grünen Uniform, auf die unbequeme Ladefläche. Er wies mich auch noch darauf hin, dass dies eigentlich nicht erlaubt sei, doch in diesem Fall müsste man sicher eine Ausnahme machen. Vor allem wenn die Polizei selbst diesen Einsatz genehmigt.

„Bitte gut festhalten", rief er mir noch zu und schon ging es los.

Wir fuhren nicht den normalen Wanderweg, sondern es gab anscheinend eine eigene Arbeitstrasse, die auch gut ausgebaut war, aber mich schüttelte es doch gehörig durch. Ich fühlte mich wie auf der wilden Maus, die ich vor kurzem, leichtsinnigerweise, auf dem Deggendorfer Frühlingsfest genossen hatte. Na ja, genossen kann man eigentlich nicht sagen, eher über mich ergehen lassen. Ab einem gewissen Alter sollte man nicht mehr ….

Wir kamen zügig voran und es dauerte nicht lange, dann konnte ich schon den Baumwipfelpfad erkennen. Der Fahrer bremste das Quad ab und er half mir auch wieder beim Aussteigen. Ein echter Kavalier. Frau Emlinger und Hans-Peter waren auch schon abgestiegen und warteten auf mich.

„Mann, war das eine Fahrt", stellte ich erleichtert fest und klopfte meine Kleidung sauber, da die Ladefläche des Quads sicher nicht für Personentransport vorgesehen war.

„So, jetzt sollten wir auf die Familie Sedlmaier warten, denn ich denke, so schnell wie wir sind die sicher nicht", bemerkte ich fachmännisch. In dem Moment machte sich meine Handy bemerkbar: Meine Frau Claudia.

„Hallo mein Liebling", begrüßte ich sie erfreut. „Was gibt's?"

„Grüß dich Franz, ich störe dich nur ungern, ich weiß ja, dass du beschäftigt bist, aber ich möchte wissen, was du von der Idee hältst, dass wir heute Abend zum Griechen, zum Nico, zum Essen gehen? Die Kinder würden sich sehr freuen. Die Elina kennt doch den Nico und die Edit und hat sie lange schon nicht mehr gesehen. Was meinst du?"

„Super Idee. Hättest du etwas dagegen, wenn wir auch Frau Emlinger und Frau Stöcklgruber mit dazu nehmen?"

„Nein, nein, gar nicht. Würde mich sehr freuen, wenn ich die neue Staatsanwältin auch einmal kennenlernen könnte. Und die Mina ist doch immer eine Bereicherung. Also reserviere ich im Garten für acht Personen beim Nico. Alles klar. Wie geht es euch?"

„Es geht voran. Es schaut gut aus, bisher. Aber jetzt muss ich. Bis bald."

Ich beendete das Gespräch und wandte mich an meine Begleiter. „Wir sind heute Abend beim Griechen in Deggendorf, beim Kouros, eigentlich beim Nico, zum Abendessen. Und wir hätten sie, Frau Emlinger, gerne mit dabei. Können wir mit ihnen rechnen?"

„Oh, gerne", antwortete sie erfreut. „Griechisch Essen ist immer eine gute Idee. Ich liebe Gyros mit Tzatziki. Wenn ich nur daran denke, dann läuft mir schon …"

Ich unterbrach sie mit einer Handbewegung, denn ich sah bereits von weitem unser gesuchtes Paar: die Sedlmaiers. Ihn hatte ich bisher noch nicht gesehen, doch sie war mir bestens bekannt. Wir hatten sie in der Firma Reifer kennengelernt.

Jetzt hieß es, noch einen Plan für das weitere Vorgehen zu machen. Er kannte keinen von uns dreien, was ein großer Vorteil war. So konnten wir uns ungestört um ihn herum bewegen. Frau Sedlmaier-Winkler kannte nur mich, das sollte kein Hindernis sein. Sie sollte ruhig wissen, dass ich in der Nähe bin und auf sie aufpasse.

Wir vereinbarten, dass Hans-Peter schon mal vorgeht und sich auf dem Pfad positioniert. Wo, das wollte ich ihm überlassen. Er hat genügend Erfahrung und weiß, wie man mit so einer Situation umgeht. Frau Emlinger sollte sich nach mir einreihen, sozusagen die Nachhut stellen. Ich wollte mich so nah als möglich an Herrn oder Frau Sedlmaier ranmachen. Nur nicht so, dass er etwas ahnt oder es als aufdringlich empfindet. Und dann abwarten, was, wenn überhaupt, etwas passiert.

Als erstes sollte ich noch Frau Stöcklgruber anrufen, um ihr mitzuteilen, wie sie uns erreichen konnte und was wir geplant hatten, was ich umgehend erledigte. Auch sie sollte sich ein Quad der Ranger organisieren und zu uns stoßen. Sie war bereits am Parkplatz eingetroffen. Hut ab, das ging schnell von St. Englmar nach Neuschönau. Sie war immer schon ein flotter Feger.

Hans-Peter ging schon mal voraus und machte sich auf den Aufstieg nach oben. Frau Emlinger wollte von mir noch wissen, ob ich auch Handschellen mit dabeihätte.

„Na klar", bestätigte ich ihre Frage „man weiß ja nie, oder?"

„Da haben sie mal wieder recht, Herr Kommissar. Die Sedlmaiers sind eigentlich ein schönes Paar, finden sie nicht auch?"

„Absolut. Wenn man nicht wüsste, dass ...." Den Rest sparte ich mir.

Sie gingen in Richtung der Treppen, die nach oben zum Pfad führten. Wir folgten ihnen unauffällig. Frau Sedlmaier-Winkler hatte mich offensichtlich noch nicht entdeckt. Sie schaute etwas missmutig, aber das wunderte mich nicht. Sie hatten die Treppe erreicht und Frau Sedlmaier-Winkler ging voraus. Oben angekommen, fasste Herr Sedlmaier seine Frau am Arm und bugsierte sie den Pfad entlang. Wir folgten in einem sicheren Abstand.

Der Pfad bestand aus Bohlen, die in etwa zwanzig Metern Höhe angebracht waren. Links und rechts war ein Geländer montiert, das mit einem Netzgitter gesichert war. Oben auf dem Geländer, war ein breiter Handlauf angeschraubt.

Wir hatten uns inzwischen etwa zweihundert Meter vom Einstieg in Richtung des Baumturms entfernt. Es waren einige Familien mit Kindern unterwegs. Die Erwachsenen umarmten immer wieder die dicken Stämme der Bäume, die entlang des Pfads standen und brachten sie so zum Schwingen. Die Kinder fanden das natürlich sehr lustig und johlten und feuerten ihre Papas an, nicht aufzuhören.

Plötzlich blieb Herr Sedlmaier stehen und wir konnten erkennen, dass er sich mit seiner Frau unterhielt. Aber die Unterhaltung war sehr einseitig, denn es redete nur er.

Jetzt hatte sie mich entdeckt und ihr Gesicht hellte sich kurz auf. Doch ihr Mann hatte anscheinend nichts bemerkt und redete weiter auf sie ein.

Ich ging jetzt näher an die beiden heran und konnte so verstehen, was er ihr sehr laut und bestimmend in ihr Ohr schrie: „Du machst jetzt, was ich dir sage. Du hast mich total enttäuscht und ich kann dir nicht mehr trauen. Du setzt dich jetzt auf das Geländer, so als ob ich ein Foto von dir machen würde."

„Und dann?" fragte sie ihn ängstlich zurück.

„Das wirst du schon sehen", erwiderte er ärgerlich.

Er nahm sie mit beiden Händen an ihren Hüften und hob sie spielend leicht auf das Geländer, so dass sie zu ihm gewandt, auf dem Balken saß. Sie hatte die Augen weit aufgerissen und blickte verängstigt in meine Richtung.

Herr Sedlmaier war inzwischen zwei Schritte zurückgetreten und machte ein paar Aufnahmen mit seinem iPhone.

„Das sind die letzten Aufnahmen von dir, bevor ich dich ...."

Weiter kam er nicht. Ich hatte genug gehört. Es reichte. Ich ging mit schnellen Schritten auf ihn zu und wollte ihn festhalten, was mir leider nur teilweise gelang. Mit einer schnellen Bewegung konnte er sich aus meinem Griff befreien und sprang zu seiner Frau. Die war inzwischen, Gott sei Dank, vom Geländer heruntergesprungen. Er schnappte sie und drehte sie so, dass sie ihm den Rücken zuwendete. Plötzlich hatte er in der rechten Hand ein Schnappmesser, das er seiner Frau an die Kehle hielt. Wo hatte er nur das Messer jetzt her?

„Keinen Schritt näher, sonst stech ich sie ab", drohte er mit lauter Stimme. Die Leute um uns herum versuchten sich hektisch in Deckung zu bringen. „Hände hoch und lassen sie ihre Pistole stecken", forderte er mich bestimmt mit einem verzerrten Gesichtsausdruck auf..

Ich hob meine Hände und versuchte ihn zu beruhigen: „Herr Sedlmaier, was soll denn das jetzt noch. Wir wissen doch inzwischen, dass sie den Herrn Thalhofer auf dem Gewissen haben. Sie machen jetzt alles nur noch schlimmer. Geben sie auf und lassen sie bitte ihre Frau frei."

„Die blöde Kuh muss dafür büßen, dass sie mich verraten hat." Seine Stimme überschlug sich in dem Moment.

Ich bemerkte, dass sich Hans-Peter langsam von hinten an Herrn Sedlmaier heranschlich. Was hatte der denn vor und was hatte er da in der rechten Hand? Sah aus wie eine metallene Trinkflasche. Er war jetzt nur noch einen Schritt von den beiden entfernt.

Ich versuchte es nochmal, mit sehr einschmeichelnder und leiser Stimme. „Herr Sedlmaier, ich kann sie ja verstehen, dass sie von ihrer Frau enttäuscht sind, aber ..."

Jetzt trat Hans-Peter in Aktion. Er holte mit der Trinkflasche weit aus und schlug sie Herrn Sedlmaier mit aller Wucht auf den Kopf.

Er riss die Augen überrascht auf und fiel wie vom Blitz getroffen zu Boden. Leider hatte er im Herabfallen seine Frau unglücklicherweise noch mit dem Messer am Hals verletzt. Sie war ebenso auf den Boden gekippt und hielt sich die Hand an die Wunde, die sehr stark blutete.

„Frau Emlinger, kümmern sie sich bitte um die Frau Sedlmaier-Winkler. Ich mache inzwischen ihren Mann dingfest."

Ich hatte die Handschellen vorsorglich in meiner Sakkoinnenseite mitgenommen und so konnte ich sie ihm anlegen, was nicht so einfach war, da er ja noch bewusstlos war und ich ihm die Arme erst nach hinten drehen musste. Zum Glück half mir Hans-Peter dabei und so konnten wir ihn endlich in Gewahrsam nehmen. Die Stelle am Hinterkopf, wo Hans-Peter ihn getroffen hatte, blutete leicht und war geschwollen, aber lang nicht so stark wie die Wunde von seiner Frau. Der Trottel hatte sie im Fallen mit seinem Messer noch ganz schön verletzt. Das Messer hatte er im Affekt verloren und lag neben ihm. Ich nahm es vorsichtig auf und packte es in einen durchsichtigen Beutel zur Beweissicherung. Man weiß ja nie.

Jetzt kam auch Frau Stöcklgruber schnellen Schrittes zu uns. „Oh Mann, was ist denn bei euch passiert?" erkundigte sie sich hektisch an uns gerichtet.

„Jetzt schnauf doch erst mal durch", beruhigte ich sie. „Wir haben Herrn Sedlmaier festgenommen. Er ist noch bewusstlos, nachdem ihn Hans-Peter aus dem Verkehr genommen hat. Er wird schon wieder. Leider hat er im Fallen seine Frau verletzt. Ich denke, wir sollten auf jeden Fall mit ihr in die Notaufnahme fahren. Vielleicht ist ein Doktor hier unter den Besuchern, der uns hier erst mal helfen und beraten kann."

„Gibt es hier einen Arzt oder Ärztin, der uns helfen kann?" fragte ich mit lauter Stimme in die Runde.

Und wirklich. Es funktionierte. Es meldete sich ein junger Mann, der sich vorsichtig näherte.

„Ich bin zwar noch in der Arzt-Ausbildung", begann er zögerlich, „aber ich kann mir die Verletzung gerne mal anschauen."

„Das wäre ganz nett", begrüßte ich ihn. Er machte sich auch sofort ans Werk, und bückte sich nach unten zu Frau Sedlmaier-Winkler. Frau Emlinger hatte in der Zwischenzeit mehrere Papiertaschentücher und ihren Schal um die Wunde angebracht. Dies entfernte nun der junge Mann vorsichtig und begutachtete die Wunde, die immer noch blutete.

„Also, ich denke", gab er bestimmend von sich „der Stich ist nicht so tief, dass er lebensbedrohlich ist. Die Wunde gehört auf jeden Fall versorgt und anschließend genäht. Sollte so schnell wie möglich passieren, damit die Frau nicht zu viel Blut verliert. Wie geht es ihnen?" Damit wandte er sich an Frau Sedlmaier-Winkler.

„Es geht", sagte sie leise. „Tut noch weh, wo er mich getroffen hat." Tränen liefen ihr jetzt über ihre Wangen.

„Was meinen sie?" wandte ich mich an den angehenden Arzt. „Sollten wir schnellstmöglich einen Krankenwagen rufen, um sie zur Notaufnahme zu bringen und die Wunde professionell versorgen zu lassen?" fragte ich weiter.

Der angehende Arzt nickte zustimmend. „Ja, das wäre am besten. Je schneller sie behandelt wird, desto besser.“

Ich nickte und wandte mich an Frau Stöcklgruber. „Bitte rufen Sie sofort einen Krankenwagen.“

Während sie telefonierte, halfen wir dabei, Frau Sedlmaier-Winkler so bequem wie möglich zu lagern. Inzwischen war Hans-Peter damit beschäftigt, Herrn Sedlmaier zu überprüfen und sicherzustellen, dass er nicht doch noch aufwachte und weitere Probleme verursachte.

Es dauerte nicht lange, bis der Krankenwagen eintraf und das medizinische Team Frau Sedlmaier-Winkler übernahm. Wir atmeten erleichtert auf, als sie sicher auf dem Weg ins Krankenhaus war.

„Das ist erledigt“, sagte ich. „Jetzt sollten wir unsere nächsten Schritte planen. Frau Emlinger, bitte kontaktieren Sie die örtliche Polizeidirektion, um Zuständigkeitsprobleme zu vermeiden. Man weiß ja nie. Dann haben wir das Auto von Herrn Sedlmaier, das wir natürlich auch nach Deggendorf fahren sollten.“

„Das kann ich gerne übernehmen“, meldete sich Hans-Peter.

„Super, das passt. Du musst dir nur die Autoschlüssel organisieren. Frau Emlinger und ich nehmen Herrn Sedlmaier mit meinem Auto mit. Frau Stöcklgruber fährt allein nach Kaikenried um im Hotel Oswald auszuchecken und bitte geben sie dort auch Bescheid, was mit der Familie Sedlmaier passiert ist. Vielleicht können sie auch die Sachen von ihnen mitnehmen. Wir bringen Herrn Sedlmaier zur Polizeistation für die Vernehmung und dann nehmen wir ihn in Gewahrsam. Einverstanden?"

Alle stimmten zu und wir konnten den Heimweg antreten. Herr Sedlmaier war inzwischen aus seiner Ohnmacht erwacht und musste sich erst einmal orientieren. Hans-Peter hatte sich die Autoschlüssel von Herrn Sedlmaier aus seiner Hosentasche geangelt und nun versuchten wir mit vereinten Kräften, ihn aufzurichten, was uns schließlich auch gelang. Ich hackte Herrn Sedlmaier unter und wir traten den Rückweg an. Die Umstehenden applaudierten und kommentierten positiv.

Frau Emlinger hatte bereits mit der Polizei in Grafenau telefoniert und alles war geregelt. Sie waren damit einverstanden, dass wir Herrn Sedlmaier nach Deggendorf überführten.

Die Fahrt verlief problemlos und ich konnte Frau Emlinger einiges vom Bayrischen Wald erzählen. Es war inzwischen früher Nachmittag und mein Magen begann sich zu melden. Wie üblich.

„Herr Kommissar, ist das ein Hinweis, dass sie hungrig sind?" wollte Frau Emlinger von mir wissen.

„Na ja, mein Magen meldet sich automatisch, wenn ihm etwas nicht passt. Und jetzt verlangt er nach etwas essbarem. Sind sie nicht auch hungrig, Frau Emlinger?"

„Bestimmt nicht so wie sie, Herr Breslmaier. Aber gegen eine Kleinigkeit hätte ich nichts einzuwenden."

„Da hätte ich eine gute Idee: das Berg-Café Floh auf der Rusel. Ausgezeichnete Kuchen und ein Ausblick .... lassen sie sich überraschen. Wir sind auch gleich da."

„Und was machen wir mit Herrn Sedlmaier?"

„Da habe ich eine gute Idee: wir befestigen ihn mit einer Seite der Handschellen am Haltegriff über dem Fenster hinten. Dann hat er keine Chance. Was meinen sie?"

„Perfekt. So machen wir's!"

Inzwischen waren wir beim neuen Ruselhotel angekommen und bogen nach links zur Zufahrt ab. Das neue Hotel war schon ein echter Hingucker! Ich konnte mir gar nicht mehr vorstellen, wie das alte ausgesehen hatte. Viele Autos zeugten von einer guten Belegung. Ich steuerte das Auto an einen freien Parkplatz vor dem Berg-Café Floh und wir stiegen aus.

Ich befestigte Herrn Sedlmaier noch am Haltegriff und dann gingen wir in Richtung des Cafés. Es war noch nicht viel Betrieb, da es früher Nachmittag war und so fanden wir einen angenehmen Platz weit vorne auf der Terrasse.

„Was für eine Aussicht", rief Frau Emlinger erfreut aus. „unglaublich, ich glaube so allmählich verliebe ich mich in den Bayrischen Wald."

„Hey Frau Emlinger. Ich glaube, sie bleiben uns noch länger erhalten.“

„Ja, genau, könnte ich mir inzwischen gut vorstellen. Aber da hat sicher Herr Doktor Hofer etwas dagegen. Ich könnte mich ja auf eine freie Stelle in Deggendorf bewerben, irgendetwas ist doch immer frei, oder?“

„Stimmt, da haben sie recht. Würde mich freuen, wenn wir uns öfter sehen. Jetzt schaun wir erst mal, was es heute für Kuchen gibt. Soll ich schon etwas zum Trinken bestellen?“

„Ja, gerne einen Cappuccino und wenn sie haben: eine Käsesahne. Mein Lieblingskuchen.“

„Ich schau, was ich machen kann.“

Ich ging zur Theke und bestellte Kuchen und Getränke. Natürlich hatten sie eine Käsesahne und für mich eine Schwarzwälder Kirschtorte. Schaute auch zu verlockend aus: Kalorien hin oder her. Heute war ein Festtag und da konnte man sich schon mal etwas außer der Reihe genehmigen.

Nachdem die Kuchen und die Getränke serviert waren und die Kuchen mit Genuss verspeist waren, brachte uns doch die Realität wieder zurück ins normale Leben und wir brachen auf.

Als wir ins Auto einstiegen, machte uns Herr Sedlmaier darauf aufmerksam, dass er doch auch noch da wäre und auch Hunger hätte.

„Tja, Herr Sedlmaier, da müssen sie jetzt durch", wendete ich mich an ihn. „Sie haben in ihrer Situation jetzt wirklich nichts zu fordern. Seien sie froh, dass wir sie mit nach Deggendorf nehmen. Wer weiß, wie es ihnen in Grafenau ergangen wäre. In der Polizeistation bei uns bekommen sie bestimmt etwas Leckeres zum Essen und sicher auch zum Trinken."

Leicht schmollend gab er sich mit meiner Antwort zufrieden. Frau Emlinger befreite ihn noch aus seiner momentanen unbequemen Befestigung am Haltegriff und so konnten wir endlich in Richtung Deggendorf starten.

Polizeiinspektion in Deggendorf, Verhörraum Nummer zwei.

„Vernehmung von Herrn Rudolf Sedlmaier. Anwesend: Frau Staatsanwältin Emlinger, Kommissar Breslmaier." Ich machte die nötigen Angaben, wie Datum und Uhrzeit, wies Herrn Sedlmaier auf seine Rechte hin und dass wir das Verhör mitschneiden würden. Einen Anwalt lehnte er ab, da es für ihn sowieso nichts mehr zu verlieren gab, wie er meinte.

Ich begann „Herr Sedlmaier, sie wissen, warum sie hier sind?"

„Ja, natürlich."

„Sie werden angeklagt, Herrn Artur Thalhofer ermordet zu haben. Was sagen sie dazu?"

Er schnaufte tief durch und antwortete „ja, ich gebe es zu. Er hat mich provoziert, der Depp. Vögelt mit meiner Frau und macht sich darüber noch lustig! Was hätten sie da gemacht? Er hat nicht aufgehört damit, dann habe ich ihn ein bisschen geschubst und er zurückgeschubst und dann ist er irgendwann einfach umgefallen und hat immer noch so blöde gelacht! Ich musste … ich weiß auch nicht … da lag ein großer Stein und dann habe ich ihn so lange ….   Daran kann ich mich nicht mehr erinnern.“

„Und dann?“

„Irgendwann bin ich wieder zu mir gekommen und dann lag da der Artur, regungslos, ich habe noch versucht, ihn wiederzubeleben, aber es war zu spät. Er war tot, und **ich** hatte ihn umgebracht. Das wurde mir dann schlagartig klar. Also habe ich anschließend versucht, meine Spuren zu beseitigen. Den Stein, mit dem ich ihn erschlagen hatte und seinen Schwammerlkorb habe ich mit nach Hause genommen.“

Jetzt mischte sich auch Frau Emlinger mit ein: „Wo haben sie denn die Tatwaffe und den Korb versteckt?“

„In der Garage, unter der Werkbank. Dachte, dort findet sie keiner, jetzt ist es eh egal, oder?“

„Absolut“, gab ich ihm recht. „Warum haben sie dann das mit den Schwammerl als Hinweis gemacht? Sollte das ein Scherz sein?“, hackte ich nach.

„War eine spontane Idee, ein Joke. Ich wollte den Ermittlern eine Aufgabe stellen, ein unlösbares Rätsel, damit sie was zu Knabbern haben. Dass sie das in so kurzer Zeit erraten, das hat mich echt überrascht. Das konnte ich nicht ahnen, sonst hätte ich das sicher nicht gemacht. Wie sie das geschafft haben, ist mir sowieso absolut schleierhaft. Aber was solls. Ist halt so. Der Schuss ging nach hinten los. Was passiert jetzt mit mir?"

Ich blickte zu Frau Emlinger und sie meinte „also zunächst kommen sie in Untersuchungshaft und anschließend wird ihnen der Prozess gemacht, wo ein entsprechendes Urteil gefällt wird. Die entsprechenden Schritte werde ich umgehend einleiten. Haben sie noch eine Frage, Herr Sedlmaier?"

„Und wann komme ich dann wieder raus?"

„Tja, bei Mord oder Totschlag und versuchtem Mord wird es doch etwas länger dauern. Da müssen wir abwarten, wie der zuständige Richter das sieht. Dazu kann ich momentan keine Angaben machen. Das kann zwischen fünf und fünfzehn Jahren dauern."

Ich denke, jetzt wurde ihm das erste Mal bewusst, was hier passiert war. Er begann zu weinen und schluchzte eindrucksvoll.

Ich beendete die Aufnahme und wir standen auf. Ich gab dem wartenden Polizeibeamten Bescheid, dass er Herrn Sedlmaier abführen könnte und ich ging mit Frau Emlinger in das angrenzende kleinere Zimmer, wo wir uns erst mal einen frischen Kaffee genehmigten und uns dann gegenüber an einen kleinen Tisch setzten.

„Na, was meinen sie Frau Emlinger? Sind sie zufrieden, so wie es gelaufen ist?"

„Im Großen und Ganzen, ja, bin ich. Ich bin nicht so oft direkt beiden Einsätzen mit dabei. Das ist eher die Ausnahme, was heute passiert ist. Aber es schadet nicht, wenn man das mal hautnah miterlebt. Doch ich habe noch ein paar wichtige Dinge zu erledigen."

„Welche da wären?"

„Wir sollten auf jeden Fall heute noch eine Hausdurchsuchung vornehmen. Es reicht, wenn ich als Staatsanwältin mit dabei bin. Wir wissen inzwischen, wo Herr Sedlmaier die für uns so wichtigen Beweise versteckt hat. Außerdem will ich mir die Vernehmung von vorhin nochmals anhören, damit wir auch wirklich nichts übersehen. Bis abends bin ich sicher damit fertig. Ich möchte doch das Essen beim Griechen auf keinen Fall verpassen. Sie müssen mir nur noch Adresse und Uhrzeit mitteilen. Alles andere kann warten."

„Ich schicke ihnen die Infos auf ihr Handy. Dann haben sie es schriftlich und können das Navi damit starten. Passt?"

Sie bejahte meine Frage und wir verabschiedeten uns gut gelaunt voneinander.

Es war inzwischen später Nachmittag und ich hoffte, dass es zuhause noch Kaffee und eine Donauwelle geben würde. Ich hatte Glück: Claudia, Renate, Hans-Peter und die Kinder waren schon auf der Terrasse beim Kaffeetrinken.

„Na, das trifft sich ja super", begrüßte ich die Runde. „Gibt es noch eine Tasse für mich?"

„Ja natürlich, Paps", meinte Fränzi und stand auf. „Und ein Stück Kuchen dazu?"

„Logisch", antwortete ich, holte mir einen Stuhl und setzte mich zu ihnen an den Tisch.

„Mensch war das ein Tag", begann ich mit meinem Bericht. „Hat Hans-Peter schon etwas erzählt?", wollte ich noch wissen.

„Nein, kein Sterbenswort", antwortete Claudia. „So lange sind wir auch noch nicht von unserer Wanderung zurück. Es war sehr schön. Und jetzt haben wir uns auf Kaffee und Kuchen gefreut."

„Und ich war mit Frau Emlinger im Café-Floh auf der Rusel, gar nicht so weit von euch weg. Das war eher am frühen Nachmittag, da wart ihr sicher noch unterwegs zum Maxfelsen, oder?"

„Ja natürlich. Wir wollten den Ausflug auch genießen. Es waren ganz schön viel Leute unterwegs, kein Wunder bei dem Wetter."

„Und Renate, wie hat es dir gefallen?", wollte ich von ihr wissen.

„Ah Franz, ihr wisst ja gar nicht, wie schön ihr es bei euch habt. Die Berge, die Natur und dann die netten Menschen. Nur mit der Sprache, da habe ich so meine Probleme. Ich wollte mir heute ein Brötchen kaufen. Die Verkäuferin hat überhaupt nicht verstanden, was ich wollte. Bis mir die Claudia half und mir erklärte, dass das nicht Brötchen sondern bei euch Semmel heißt. Oder wenn ich mich verabschieden wollte. Ich sag dann immer, moin, moin und die haben mich dann mit großen Augen angeschaut, so als ob sie die Welt nicht mehr verstehen. Oder wenn sich die in ihrer Sprache unterhalten! Ich verstehe nur Bahnhof! Verstehst du da alles, Claudia?"

„Na klar, Mama, das ist doch inzwischen meine zweite Sprache. Nach über zwanzig Jahren sollte man das schon gelernt haben. Aber es gibt Bereiche im Bayrischen Wald, wo sogar ich noch Probleme habe, alles mitzubekommen."

„Da hast du recht, liebe Claudia", stimmte ich ihr zu. „Viechtach, Cham, Zwiesel, da muss sogar ich des Öfteren nachfragen, weil ich etwas nicht verstehe. Es ist doch auch schön, wenn die verschiedenen Dialekte noch gesprochen werden. So wie bei euch das Plattdeutsch, oder Hans-Peter?"

„Opi", machte sich Fränzi bemerkbar „kannst du uns mal etwas auf Plattdeutsch sagen?"

„Na klar", er machte eine theatralische Pause und fuhr fort: „een beten schnacken un denn wat schaffen."

„Und was heißt das?"

„Ein bisschen plaudern und dann was arbeiten."

„Ahh ja, verstehe", meinte Fränzi lachend. „Aber ich hätte noch ein tolles bayrisches Wort für dich, Opa: Hoamdaucher. Weißt du, was das sein könnte?"

„Nee, nee, liebe Fränzi. Da bin ich mal raus. Und was heißt es?" wollte er von ihr wissen.

„Das heißt Heimweh, oder sich nach zuhause sehnen ….. Doch jetzt wollten wir doch vom Papa noch wissen, wie der aktuelle Fall ausgegangen ist. Nicht wahr?"

Und so berichtete ich ihnen vom Schwammerlmord, dass der Schuldige jetzt in Untersuchungshaft sitzt und auch so schnell nicht mehr herauskommt. Natürlich übertrieb ich ein bisschen bei der Festnahme von Herrn Sedlmaier, aber das schadet ja nicht. Hans-Peter kam natürlich sehr gut weg. Hatte er sich auch verdient. Schließlich war er es, der den Mörder zur Strecke gebracht hatte. Alle waren begeistert und lobten uns in den höchsten Tönen.

Nach zwei Tassen Kaffee und einer Donauwelle, hatte ich genug und ich brauchte eine Ruhepause, genauso wie Hans-Peter, der sich auch einen kurzen Erholungsschlaf gönnte.

Es war inzwischen kurz vor sieben Uhr und wir waren alle frisch und munter und bereit zum Aufbruch. Da wir nur mit einem Auto fahren wollten, baten wir Fränzi und Elli, doch mit ihren Rädern zum Kouros, zum Griechen zu fahren. Nach kurzer Diskussion waren sie damit einverstanden, versprach ich ihnen doch einen Nachtisch nach Wahl, und so konnten wir endlich starten.

Ich parkte das Auto in der Tiefgarage, die gleich neben dem Restaurant lag und wir gingen gutgelaunt in Richtung Kouros.

Ah, da war ja Nico. Ein stattlicher, kräftiger Mann, Anfang fünfzig. Er war der langjährige Geschäftsführer und Manager des griechischen Restaurants Kouros. Er bemerkte uns und kam auch sofort auf uns zu.

„Hallo Franz, hallo Claudia. Schön euch zu sehen. Ich freu mich wirklich, dass ihr heute bei uns im Garten zu Gast seid."

Er umarmte erst Claudia und dann mich freundschaftlich. „Ich habe euch einen schönen Platz reserviert. Eine Frau Emlinger wartet schon auf euch. Und eure Töchter sind auch mit dabei. Hi Elina, hi Fränzi. Schön, euch zu sehen. Edith wird sich sicher freuen, euch zu sehen. Jetzt kommt erst mal mit."

Er ging voraus und wir folgten ihm. Der Garten war sehr gut besucht und ich erkannte einige der Besucher. Ich grüßte freundlich in die verschiedenen Richtungen.

Nico hatte recht behalten. Der Tisch war ausgezeichnet gedeckt und wir nahmen alle Platz. Frau Emlinger begrüßte uns herzlich und ich erkundigte mich sofort nach dem Ergebnis der Hausdurchsuchung.

„Wir haben die Informationen bestätigt gefunden, die uns Herr Sedlmaier gegeben hat", sagte sie leise und wandte sich an mich. „Ausweis, Geldbörse, Autoschlüssel und Handy von Herrn Thalhammer waren alle im Korb. Der Stein, die Tatwaffe, war noch mit Blut bedeckt, was sehr gruselig war. Doch, ich denke, nun können wir den Abend in Ruhe genießen."

Nico erkundigte sich noch bei mir, wer denn das ältere Paar wäre. Ich erklärte ihm, dass das meine Schwiegereltern sind und Frau Stöcklgruber, die er bereits kannte, wollte später noch hinzustoßen.

Doch was war das? War heute Musik im Garten?

„Hey Nico", wollte ich von ihm noch wissen „hast du heute extra für uns Musik geordert?"

"Nein, nein", antwortete er lachend „das ist unsere Hausband. Zwei Jungs aus Griechenland und einer aus Deggendorf, die spielen ab und zu bei uns, je nach Lust und Laune. Und heute hat es wieder mal gepasst. Das Wetter ist ideal und der Garten ist voll. Was will man denn mehr?"

„Ich bin begeistert. Ich kenne eigentlich nur ein Lied aus Griechenland: aus dem Film Zorba the Greek mit

Anthony Quinn und der Musik von Mikis Theodorakis, den Zorba´s dance, den Sirtaki!"

„Na klar, den kennt ja jeder. Und Udo Jürgens?"

„Na ja, den natürlich auch mit dem ´Griechischen Wein`. Doch das ist doch kein richtiges griechisches Lied, oder?"

„Aber es klingt ein wenig nach meiner Heimat. Und der Text ist gut und vor allem deutsch und den verstehst du doch auch, oder kannst du jetzt auch griechisch?"

„Nein leider nicht. Ahh … jetzt spielen sie gerade den Sirtaki. Mensch ist das großartig! Da juckt es sogar mich in meinen alten Haxen."

Nico lachte laut auf und klopfte mir auf die Schulter. Jetzt kam auch Edith, seine Frau, zu uns und begrüßte uns alle sehr herzlich. Elina stand spontan auf, umarmte sie freundschaftlich und meinte: „Edith, schön dich wieder mal zu sehen. Ist schon lange her, dass wir uns das letzte Mal getroffen hatten. Wie geht es dir?"

Elina und sie hatten vor etwa drei Jahren beim Sandro im La Crema zusammengearbeitet und sind dicke Freundinnen geworden. Irgendwie hatte die Chemie bei den beiden gestimmt. Daher war die Freude sehr groß, sich wiederzusehen.

„Mir geht´s ganz gut. Stell dir vor, Nico und ich, wir bekommen ein Baby, und freuen uns schon riesig da-

rauf. Wir wollten schon immer ein Kind und jetzt ist es
so weit!"

„Wann hast du denn Termin?"

„In zwei Monaten und wir wissen auch schon, was es
wird."

„Und … lass mich mal tippen: ein Junge?"

„Stimmt, ein Lausbub. Wir können uns noch nicht auf
einen Namen einigen. Nico hätte gerne etwas mit griechisch und ich eher tschechisch. Was würdest du vorschlagen? Hättest du eine Idee?"

„Na klar, nehmt doch einfach einen Vornamen, der
dazwischen liegt: einen typisch deutschen!"

„Und was?"

„Wie wärs denn mit Georg, oder Xaver, oder Max?"

„Gute Idee, ist ein guter Kompromiss, was meinst du
dazu, Nico?"

Dabei wandte sie sich an ihren Ehemann.

Er lächelte und meinte „die Elina hatte doch schon im-
mer die besten Vorschläge. Edith, lass uns in Ruhe dar-
über reden. Aber Georg würde mir schon gefallen.
Georg der Erste war nämlich ab 1863 der erste echte
König in Griechenland. Haben wir in der Schule gelernt.
Also der Name wäre bei mir in der engeren Auswahl."

„Na siehst du, Edith", strahlte Elina sie an, „so schnell hätten wir wieder ein Problem gelöst, wie schon so oft früher in der Arbeit. Außerdem ist Georg sicher auch in Tschechien vertreten."

„Ja natürlich", antwortete sie „Georg heißt auf Tschechisch Jiri. Und der Name hat mir schon immer gefallen. Außerdem hatte ich einen Jugendfreund der Jiri hieß. Gute Erinnerungen." Dabei blinzelte sie verstohlen.

„Sehr lange her", mischte sich jetzt Nico ein. Damit war für ihn das Thema beendet. „Edith, jetzt solltest du als erstes die Bestellung aufnehmen. Die Breslmaiers haben bestimmt schon einen Mordsdurst. Habe ich recht?"

„Und ob", gab ich ihm recht. Edith nahm die Getränke auf und Nico verabschiedete sich und kümmerte sich um die Neuankömmlinge.

Kurze Zeit später erschien auch noch Frau Stöcklgruber. Sie begrüßte alle in der Runde und setzte sich an unseren Tisch. Jetzt waren wir vollständig und ich konnte mich endlich bei allen, die zur Aufklärung des Schwammerlmords beigetragen hatten, herzlich bedanken.

Es wurde ein vergnüglicher, unvergesslicher Abend mit lauter netten Leuten, sehr gutem Essen, toller Musik und angenehmer Atmosphäre. Die Zeit verging wie im Flug und irgendwann mussten wir uns von Nico und Edith verabschieden, mit dem Versprechen, bald wieder zu kommen.

Auch Frau Emlinger war bester Laune und schwebte auf Wolke sieben. Sie verabschiedete sich von uns allen sehr herzlich und meinte abschließend: „Also Herr Breslmaier, ich hätte nie gedacht, dass mir Deggendorf, der Bayrische Wald und natürlich auch sie und ihre Kollegin so gut gefallen würden. Ich finde, wie sie arbeiten, wie sie kombinieren und wie sie mit ihren Mitmenschen umgehen, einfach großartig. Ich könnte mir vorstellen, länger hier zu arbeiten. Leider kann ich das selbst nicht entscheiden. Sie wissen ja, wo die Entscheidungen fallen. Aber sollte wieder Not am Mann sein, so bin ich jederzeit und sehr gerne bereit ....“

„Liebe Frau Emlinger“, unterbrach ich sie mit leicht belegter Stimme „ich kann ihr Kompliment nur zurückgeben. Wie sie sich eingebracht haben und ihre Mithilfe angeboten haben, das war mehr als normal. Wir, ich denke, da spreche ich auch für meine Kollegin, würden jederzeit wieder gerne mit ihnen zusammenarbeiten. Schön, sie kennengelernt zu haben. Ich wünsche ihnen noch einen schönen Abend und wir sehen uns am Montag wieder. Sollen wir sie noch begleiten?“

„Nein, nein, danke, nicht nötig. Ich genieße jetzt noch die frische Luft und nochmals vielen Dank für den tollen Abend.“

Wir verabschiedeten uns von ihr und gingen in Richtung Parkhaus, wo unser Auto stand. Die beiden Mädels waren mit dem Rad gekommen und so trennten wir uns und Hans-Peter und Renate fuhren mit uns nach Hause.

„Ihr habt schon eine nette Familie und einen sehr, sehr angenehmen Bekanntenkreis und Freunde", bemerkte Renate beim Aussteigen. „Es war eine so angenehme und entspannte Atmosphäre, dazu die Musik und das super Essen. Da können wir in Kiel nur davon träumen. Ich glaube, Hans-Peter, wir bleiben noch ein bisschen bei euch, wenn ihr nichts dagegen habt."

„Nein, gar nicht", antwortete Claudia. „Fühlt euch bei uns wie zuhause. Wir haben euch gerne bei uns, nicht wahr, Franz?"

„Natürlich, bleibt, solange ihr wollt. Außerdem wer weiß, Hape, ob ich dich nicht wieder gebrauchen kann, so als Undercoveragent, in meinem nächsten Fall." Ich klopfte ihm freundschaftlich auf die Schulter und wir mussten alle lauthals und vergnügt lachen.

Der Schwammerlmörder war gefunden und verhaftet. Der Fall war damit abgeschlossen und wir konnten uns auf das konzentrieren, was die nächsten Tage bringen würden. Morgen wollten wir mit dem Zug nach Regensburg fahren und die Stadt erobern. Renate und Hans-Peter waren noch nie dort und so hatten wir einiges zu zeigen und zu erklären. Natürlich war ein Besuch der Historischen Wurstkuchl an der Donau Pflicht, genauso wie das Historische Museum und abschließend ins Orphee zum Abendessen. Die Kinder hatten keine Lust und wollten sich lieber mit ihren Deggendorfer Freunden treffen. Auch gut .....

Ich lud Hans-Peter noch auf einen Absacker-Whisky ein, einen Bunnahabhain, twelve years old, und ich legte dazu meine Lieblings-CD auf:, ´always look on the bright side of life` von Monty Python. Wir pfiffen begeistert mit, schwelgten in Erinnerungen und ließen den Tag ausklingen ……

So ein schöner Abend, so könnte es öfter sein, wenn nicht, ja wenn nicht der nächste Fall auf mich warten würde. Mal sehen, wer mich diesmal beschäftigen würde, mich und Frau Stöcklgruber.

Ein Augenblick kann einen Tag verändern,

ein Tag kann ein Leben verändern,

und ein Leben kann die Welt verändern

(Buddha)

Bauernbrot mit Reherl (Pfifferlingen)

Rezept für zwei Personen:

2 Scheiben Krustenmaderlbrot von der Bäckerei Schifferl
etwas Olivenöl
ca. 300 Gramm Reherl
1 Schalotte
4 Eier
Petersilie

Das Brot mit Olivenöl beträufeln, in der Pfanne anrösten und anschließend herausnehmen. Sodann die Zwiebel anbraten, Petersilie und die Reherl zugeben und braten.

Zum Schluss die verquirlten Eier in die Pfanne geben und verrühren.

Auf dem warmen Brot anrichten und mit restlicher, viel Schnittlauch garnieren.

Fleckerlspeis

Rezept für 4 Personen:

1 Stk Zwiebeln
300 g Rinderhack
3 EL Olivenöl
1 Prise Salz
1 Prise Pfeffer
400 g Fleckerl (spezielle Nudelsorte)
2 EL Petersilie
Parmesan nach Belieben
1 l Wasser

Fleckerl in einem Topf mit Salzwasser für 7 Minuten weichkochen lassen. In einem Sieb abtropfen lassen.

Zwiebeln schälen, fein hacken und in Olivenöl anbraten. Das Hackfleisch zugeben und grümelig braten.

Die Fleckerl unterheben und kurz mitbraten.

Mit Petersilie und viel Parmesan bestreuen.

EPILOG:

Sämtliche Personen sind frei erfunden oder sind namentlich geändert. Die Orte sind real und existieren.

Sehr herzlich bedanken möchte ich mich bei meinen Lektoren, Christine Mühlbauer, Hans Direske und Manfred Lantermann, bei meiner Frau Jacqueline, die mir immer wieder nützliche Tipps gab und vor allem die beiden Rezepte beisteuerte, die ich natürlich auch selbst gerne konsumiere. Auch bei meinem Musikerkollegen Karl, der mich immer wieder zu neuen Geschichten inspiriert und der einen wichtigen Part im Krimi einnimmt, als ausgewiesener Schwammerlexperte. Vielen Dank auch an die Station 3 in der Orthopädischen Fachklinik in Schwarzach, die mich nach der OP bestens betreut haben und natürlich an Doktor Martini, der mir zu einem neuen Knie verholfen hat. Dort hatte ich auch Zeit und Ruhe, um meinen Krimi weiterzuentwickeln. Natürlich auch vielen Dank an die Rehaklinik in Bad Füssing, das Johannesbad und seinem Chefarzt Doktor Winkler, der mir wieder zu einem normalen Leben mit einem künstlichen Knie verholfen hat.

Wie es weitergeht? Ich habe noch viele Ideen und Inspirationen. Deggendorf, seine Umgebung und seine Bewohner bieten ideale Schauplätze für weitere Kommissar Breslmaier/ Stöcklgruber Ermittlungen. Sie können mich und meine Krimis gerne auch im Internet verfolgen. Unter www.Breslmaier.de bin ich dort aktuell vertreten. Ich freue mich, sie auch in Zukunft mit meinen Kriminalfällen und Lokalereignissen zu unterhalten und mitzunehmen.